北 岳 诗 库

孔令剑
— 主编 —

眉　　间　　书

YIN LIJUAN
WORKS

荫丽娟————————著

山西出版传媒集团　北岳文艺出版社

·太原·

图书在版编目（CIP）数据

眉间书／荫丽娟著．—太原：北岳文艺出版社，2018.8
（北岳诗库／孔令剑主编）
ISBN 978-7-5378-5659-1

Ⅰ．①眉… Ⅱ．①荫… Ⅲ．①诗集－中国－当代 Ⅳ．①I227

中国版本图书馆CIP数据核字（2018）第187664号

书　　名：眉间书
著　　者：荫丽娟
策　　划：续小强
责任编辑：樊敏毓
书籍设计：张永文
印装监制：巩　璠

出版发行：山西出版传媒集团·北岳文艺出版社
地　　址：山西省太原市并州南路57号
邮　　编：030012
电　　话：0351-5628696（发行部）
　　　　　0351-5628688（总编室）
传　　真：0351-5628680
网　　址：http://www.bywy.com
E－mail：bywycbs@163.com
经 销 商：新华书店
印刷装订：山西万佳印业有限公司

开　　本：890mm×1240mm　1/32
字　　数：130千字
印　　张：6
版　　次：2018年8月第1版
印　　次：2021年1月山西第2次印刷
书　　号：ISBN 978-7-5378-5659-1
定　　价：38.00元

本书版权为本社独家所有，未经本社同意不得转载、摘编或复制

策划人语

"诗歌出版"是北岳文艺出版社的重要传统。前有"黑皮诗丛",后有"天星诗库",皆为中国当代诗歌杰出诗人之重要出发地。更有"外国名诗珍藏",如今依然为广大诗歌爱好者所珍赏。

"北岳诗库"赓续如此光荣传统,其目光聚焦山西诗歌这一繁盛沃土,其旨在于不间断展示山西诗歌创作实绩,更瞩望为山西诗人造一清静小园。

"北岳诗库",是我们探求共建共享出版模式的开端。大风吹宇宙,红日照高山。祈愿"北岳诗库",如恒山一般,巍然耸立。

续小强

2018 年 2 月 2 日

随意道来

（代 序）

◎ 周所同

A. 《诗歌风赏》主编娜仁琪琪格电话里说，她读到一组好诗，是我老家山西诗人荫丽娟写的，一再强调诗极好，耐读，很不一般，想让我写些文字。娜仁琪琪格是位眼光独到、鉴赏力极高的好编辑，她的话我信，她充满喜悦的语调一再传过来，我能想到她高兴的样子，窗外的寒冷似乎也被她的笑容暖和了。其实，她说到的荫丽娟诗人，我是知道的，并有过两次短暂的接触，只是对她的创作情况和个人经历不甚了了，由不得踌躇起来。为年轻诗人写评介文字，我一向慎重，生怕稍有差池或走偏文字，误人子弟。意外的是，太原那边的老朋友又来电话，再三约我捉笔，若再推辞，就不识抬举了。反正，我现在一边读荫丽娟的诗，一边试着与她交谈，我的文字不讲规矩，也无逻辑、秩序和理论谱系，就像自由给的愈多用的愈少一样，如果把想到的说到，如果编者与作者能理解我的节俭与随意，我就试着说了。

B. 一首诗一定有它生成的秘密，其复杂过程因人而异，但一定与作者的天赋、人性、灵魂、伦理、道德、精神指向、价值标准、审美趣旨等形而上的背景有关；也一定与其生存、生活、经历、经验、人生的苦辣酸甜等形而下的遭逢有关。无疑，荫丽娟是一位严肃而又有准备的诗人，她的作品与她的人是高度一致的，是有立场、有位置、有重量、有温度、有哲学背景和精神气象，因而也具备了认知高度及普遍意义的作品；与时下那泛滥追风、流行成癖、猎奇时尚，甚至无趣恶搞的作品相比，更突显出其存在的价值和不可置换的品格。应该说，诗人荫丽娟这组近20首的《镜中人》，代表了她目前创作的高峰。诗中隐隐散射出来的光芒，是十分炫目耀眼的。作品的质地和艺术成色也是令人信服的，特别是她诗中弥漫着那种蓄势待发的力量，更是值得期待的。我的总体印象是，荫丽娟是一个内敛多于释放，从容不事张扬，安静而又平和的诗人。恕我猜测，这类诗人的利害之处，在于已看淡身外之物，能以克制隐忍的态度，直面人世间的伤害、苦痛和不幸。由此，她才获得了内心的和谐与平衡，才把她的目光专注、凝神于她心中所爱。至于接纳什么？舍弃什么？她已有了自己明晰的答案。

C. 诗人的路只有一条。话虽然绝对，但不谬。不能类同结伴出游，就是走自己的路，烙下自己的脚印，朝着自己认定的前方，不跟风不随俗一直走，除了自己，路上最好再无他人。只有如此，人们才能一眼看见并认出你，如此你才是你。诗人只做一件事，就是穷尽一生把日常生活情感，上升为审美情感，这个过程既漫长又复杂，既具体又抽象，需要考验一个诗人的综合实力与能量。从走好一条路到做好一件事，就是对一首优秀作品或一个优秀诗人的基本认定和概括。仔细读过荫丽娟这一大组作品，我松了一口气，内心的喜悦与欣慰悄悄袭来，难怪娜仁琪琪格和山西的老朋友极力推荐，我为山西有这样的年轻诗人而兴奋，也为我的孤陋寡闻而惭愧。我要郑重地说，作为一个诗人，荫丽娟已具备并突显出优秀的素质，深厚的功力，格外的准备；像一只羽翼丰满的大鸟，她已经高飞。尽管，眼下尚未引起更多人注意，但用不了多久，人们从她的《镜中人》里，一定会看到"我已不是 / 那个如初见的我"。咬茧蜕变的过程，每个诗人似乎都应经历，而能否吐丝并织成丝绸，除了造化，或许还有坚持。荫丽娟一定是这样的人：她有自己的桑田、自己的孤灯、自己的机杼，她不停地织锦绣花，也不停地否定并校正自己，在每天变旧变新的时间里，那个熟悉的她变为陌生的她。这层意思她没说，是我的猜想，她是否认可？我不知道。反正，她作品里弥漫出的信息就是如此，得之不易的诗和诗人从来都是孪生姐妹，那种十指连心的痛，也是十指心连的幸福，其中的甘苦，相信荫丽娟比谁都清楚，即便不说，依然会存在。

D. 写诗的人都知道，从精确表达到感觉飞翔，再到智性呈现，要完成这三个阶段，也许会耗尽你的一生；就像诗歌语言，从有意味到有意义，再到二者碰撞产生的超验的语言一样，每经历一个阶段，你的作品则会呈现不同的风景；更为要命的是，每个阶段若要细究，还可分出许多层面，一首作品的高下或成色，就在这细化中才可得到大致的指认；之所以不厌其烦列出这些并不科学的标准，只为说明我就是循此来阅读、评判荫丽娟这组作品的。我得赶紧说，她的作品是经得起检验的，是一个清醒的歌者，诗中很少见到盲目的痕迹，每首诗几乎完成得很好很到位，总是能在适时的地方找到爆发或突破点，读来水到渠成，朴素、自然，又不动声色，且能从容不迫将诗意抵达智慧的高度。比如，她与岁月对话，发现了那只老旧而沉默的邮筒，恰好寄走自己开花的欲望；说到盐粒的苦涩，感受到其中的隐忍，深蓝的辽阔，即便铺在命的中途，又有何妨；与寺庙偶尔相遇，在跪拜的一瞬，她发现自己满身尘土，执念与欲望还在，而能合十忏悔，就是打扫心灵；在渡河的一只羊皮筏子面前，她想到的一定比看到的更多，那死去的羊只，为羊皮筏吹气的生意人，在这些现象背后，突然意识到，所谓生命的逆袭和重生，却原来是如此残忍，而麻木与歌唱司空见惯，则显得更加残忍；人生在世，谁都是一个镜中人，在反复映照中，荫丽娟凝注思考一个哲学命题，巨大的时空与人的渺小是对峙的矛盾，除了不断变化，甚至变无，别无他途；当她忆及母亲、说到儿子、亲人，以及提起生死等重要话题时，她内心的母爱、亲情、伤痛、无奈、怜惜、惋叹，是那么单纯又那么复杂，是那么凡俗又那么庄重；而这些人之常情掀起的波澜，在她的笔下，变得《一切都宁静下来》，在《日日万事丛生》的现实面前，她突然发现了人生的真理："其实，凡俗本来就是我的影子"，"对于我来说，这也并不是什么坏事情"。能如此深刻、清醒、透彻认识世界、人生、包括自己的人，一定是睿智的、理性的、豁达的，是经过生存历练，生活磨洗和痛苦击打之后，在《一个人的寂静》里慢慢悟到的。

E. 拉杂地说了这么多，但愿不是闲言和废话，倘若作者、读者，包括编者能从中择出一些有用的东西，也不枉我老眼昏花，一边读一边记下的文字；做编辑营生就是通过作品认识并推举诗人，相信不用多久，《诗歌风赏》会郑重地把荫丽娟诗人介绍给大家，我有幸成为较早的读者，还是要谢谢娜仁琪琪格主编和作者的信任。现在，我该隐身了，这些文字是烛火？还是阴影？并不重要，读者的眼睛是雪亮的，他们的评判，认可才是重要的。

暂时打住，接下来我会长久地期待。

2018 年 1 月 22 日于北京

（周所同：著名诗人，1950 年生于山西原平。《诗刊》社原编审，中国作家协会会员，中国诗歌学会副秘书长。出版诗集《北方的河流》《拾穗人》《人在旅途》等，创作并发表过小说、散文、随笔、诗歌评论等百万字。参与编选过各种诗歌选本 30 余套。部分诗作被译介到国外。）

目　录

第一辑　眉间的雪

一个人的寂静　/ 3
在灵石遇到一座寺庙的名字　/ 4
万花筒　/ 5
一切都宁静下来　/ 6
大雪之诗　/ 7
一朵秋天里的野菊花　/ 8
初冬　/ 9
自醒　/ 10
回归　/ 11
偷得浮生半日闲　/ 12
提起死亡，我是惧怕的　/ 13
我是秋风中那个望星星的人　/ 14
醉酒歌　/ 15
人生若只如初见　/ 16
我的灵魂有些变形　/ 17
有些美是不属于我的　/ 18
我是一只慌乱的飞鸟　/ 19

如常的生活　　/ 20

镜中人　/ 21

讽刺之诗　　/ 22

第二辑　与光阴有关

个人履历　　/ 25

青春　/ 26

中秋　/ 27

远走吧，深秋　　/ 28

医院陪护手记　　/ 30

写给岁月的情书　　/ 34

乙未年重阳偶书　　/ 35

光阴书　/ 36

生日：写给自己　　/ 42

采菊东篱　　/ 43

春日途中　　/ 44

失眠记　　/ 45

小满　/ 47

秋花春梦　　/ 48

又一年　　/ 49

2017年1月1日　　/ 50

月到中秋　　/ 51

立春念　/ 52

把三两点梨花雨埋进我的骨头里　　/ 54

灯火和孩子　　／ 55

夜里　　／ 56

我想要的生活　　／ 57

晚安，群山　　／ 58

这些雪落下来很久了　　／ 59

干净的植物　　／ 60

今晨针灸治疗迟了些　　／ 61

明日诗　　／ 62

第三辑　因为天空

阳光的见证　　／ 65

致祖国　　／ 66

黄河岸边　　／ 67

黄河　　／ 68

我时常把故乡当作心头的一颗朱砂　　／ 70

诗　　／ 72

哲学笔记（组诗）　　／ 73

隐秘的光芒　　／ 77

雁丘辞　　／ 78

紫荆花开　　／ 79

春天的一场葬礼　　／ 81

万里晴空　　／ 82

风起青纱帐　　／ 83

在八路军太行纪念馆（三首）　　／ 85

祈祷辞　　 / 88

翡翠里的山河　　 / 89

尘世之歌　　 / 92

第四辑　经过内心的山水

在青海（组诗）　　 / 95

则天故里小记　　 / 100

再到灵石（组诗）　　 / 102

惠州海边（三首）　　 / 105

苏堤何堤　　 / 107

相见欢　　 / 110

平遥古城即景（三首）　　 / 112

这人间的良药医治不了我的悲伤　　 / 114

我愿意　　 / 115

故园　　 / 116

与你相遇　　 / 117

又见梨花　　 / 118

雨中，我与一朵梨花共赴红尘　　 / 119

蝴蝶　　 / 120

蒙山晓月　　 / 121

午后，在尔雅书店　　 / 122

想到苏园　　 / 123

大阳古镇行（三首）　　 / 124

第五辑 一些人和我

向李白致敬　/ 129

诗人　/ 132

与屈子　/ 133

给西蒙娜·薇依　/ 134

写给介子推　/ 135

杜甫：你的悲壮与苍凉乘风而来　/ 137

天空是澄明的　/ 142

清明祭　/ 143

与母亲说（三首）　/ 144

从来没有想过替谁活着　/ 147

在清晨读到一首诗　/ 148

虚掩之门　/ 149

七夕　/ 150

祖母　/ 151

写在教师节　/ 153

雪中致友人　/ 154

寒露　/ 155

立冬：写给儿子　/ 156

高考在即　/ 157

生日之诗　/ 158

写给J　/ 159

窑院里，一对留守的老伴（三首）　/ 161

爱或者别的　/ 164

2015年4月19日见诗人车前子　　/ 165

秋风辞　 / 167

无数的风铃重新悬挂起来　 / 168

冬日八行　 / 169

无主题变奏曲　 / 170

后记　 / 173

第一辑 眉间的雪

一个人的寂静

就像白云走远
留下了天空
你们走远,留下盛大的寂静。
一个永远追赶不上尘世脚步的人
落在人群最后
踩着自己的影子
还有命里的磕绊,阳曲山上
一千多个裸露在风雨中的石头。
此刻,内心的羊群
突然奔跑出来
在一片虚无的光阴里——
我感觉无比富有。
就让我与牛羊啃过的青草殊途同归吧
就让我与无人深爱的野花相见甚欢吧
独自走在山中
凡能被我看见的,都是我的血脉亲人。

在灵石遇到一座寺庙的名字

在灵石遇到一座寺庙的名字
我是羞愧的。

这些年,进庙拜佛
眼里浮动着俗世的尘土。
我学着那些善男信女,烟火缭绕间
合十双手
先拜东方,再拜向西方。

我用左手点香,右手却伸出来索要。
殿前的一点梵音如木质隔扇
漏下的光芒
我视而不见。

在灵石遇到一座寺庙的名字
我只在远处想象
诸神的模样。
我的身体里有一个臃肿的秋天
内心有一片看不见的,欲念之湖。

万花筒

让中年的日子，布满春光。
让旧日之我走在未来的路途上，每条皱纹里
都深埋，青春的细节。
让我的诗中住着婴儿
无所畏惧、干净的哭声
这些声音汇成一条泉流，活泼泼
经过世间万物。
……而万物，终有一别。
倘若一个小小的纸筒能让空茫的天
碎成一万朵雪花，心花
倘若这些花，扑向人间，隔阻一段宿命
我会举起它，望向——
在花团锦簇中沉沦的，另一个我。

一切都宁静下来

多年后，一切都宁静下来。
只有我的身体像个黑色逗点，在万物中
移动。
那些曾经遗弃了我的，终将被我遗忘
命运赐予我的苦难，自视为珍宝。
路边开不败的野雏菊，一片连着一片
仿佛是，我为岁月写下的情书。
还好，我的灵魂没有紧跟上来，她在青春的
章节里，稍作片刻的逗留。
一切都不重要了——
我衰老的心，像尘世的一粒沙土，却不再
妄自菲薄
我的墓志铭，在初生的光芒里
微微地闪耀。

大雪之诗

说着,雪片就落下来
这白色的深渊。

——看不到的深,仿佛尘世的
伤口。

只有我,在白色的包围里突围
其实一切都无从改变。

最为喧闹的时候是最孤寂的
阳光背面的黑色斑点。

冬天已漫过眉梢
是的。冬天是我生命常有的季节。

一朵秋天里的野菊花

或者,我更像一朵秋天里的野菊花
安于宿命,兀自开放。
脚下的泥土,暗藏着浩大的白霜
薄如凉水的情事,生活的芒刺,冷风。
就算这样
我还是要对一场虚张声势的雨水,致以敬意
对一次远离天空的飞翔,致以敬意。
比春花、夏花更为寂寞,寒凉的境遇
其实是人生极好的颂词。
在没有月亮没有星星甚至连幽暗都缺失的晚上
一朵秋天里的野菊花在万物渐枯时
用几瓣瘦弱的花叶,练习活下去的勇气。

初 冬

树叶掉尽,才能看见并不高远的天空
甚至天空中,那一缕慈悲的流云。

并不是每个季节的转换,都能给我们一些暗示
老人眼中,有灰白宽厚的爱。

汾河水缓慢地冻结了
仿佛上面铺满尘世之光,冷若一片冰霜。

深处汩汩的流动,却如同人心还没有完全背离
还有爱的磷火瞬间被擦亮。

可以不爱,我们却要守住澄明的事物
可以不去赞颂,我们却要心怀感恩地遇见
哪怕是刺痛,生冷,万物之苍凉。

自 醒

我总是心无芥蒂
像枝头一颗尚未长成的青果。
我念及经过身边的每个人，念及
他们回眸的一瞥或者漫不经心。
我感谢有时向我飞来的，蝴蝶般美丽的谎言
有时寻不到的，坠入俗尘的一点清高。
我爱所有爱过我的人
也爱如水的生活。
之前，我未曾在诗句里写到过南方的海
不是北方女子，对水
天生具有胆怯之心
生活的远水，解不了近火。
夜空还是那么幽深
我不该把半个月亮，放进一首诗中
不该在虚无的世界，想象
真实的存在。

回 归

世界最为喧闹的时候
我刚好从夜里,孤身而来。
此刻除了一身湿衣
我一无所有。
我喜欢跟随一只夜莺,缥缈的歌声出发
我已习惯,路上到处是
黑色的树影和花朵。
我默默寻找,星星温暖的翅膀
其实人世间,任何温暖的情愫对我来说
都不是很重要。
有人对我说:
"给你三个答案,你就会对生活
做出晨曦一样明亮的抉择。"
而我只是一个,爱在深夜
大睁着眼睛行走的失眠者。
走了很久,仿佛又回到丁香初开的白色喜悦中
拥有的和失去的正好
与我,擦身而过。

偷得浮生半日闲

哪里有半日之闲。中年的生活是：
一点点加温的水
一点点加重的包。
秋天的景致此时已行走在另一条小路上
远天越来越空洞。
我的一百个旧身影互相重叠，在十字街口
我的一百个金色念头离开了枝头，四处飘零。
浮生究竟是怎样的人生境界呵
事实是
我陷入了一盏灯火的明暗中
我背负着所有情感的砝码，在岁月的河流里
左右摇摆
随波漂荡。

提起死亡，我是惧怕的

提起死亡，我是惧怕的
一如惧怕黑色深林中，点点幽暗的光。

没有尽头的田野
隐匿了生命内部的细节。

我用什么能深埋死亡——
这世上唯一确定的事。

向死而生，一个清醒者的梦幻
其实活着

就是胡乱地扎起一把又一把，生活的花束
终会有一朵，清冷地开放在我的墓碑旁。

到那时我所有的痛苦也将消失殆尽，还有欢乐
它们殊途同归，带着一棵草木的荣光。

我是秋风中那个望星星的人

我是秋风中那个望星星的人
向着更高更迷人的地方
——那微凉的熠熠明光。
感谢命运把我安放在暗夜，深的远天。
我的幸福与一朵昙花，比邻而居
一瞬间的美与痛，是一生珍藏的黄金。
我是秋风中那个望星星的人。
长发齐腰时，我把一颗种子种在风的呜咽里
把一首诗放在孤单的光影中。
如今，我的黑发被猎猎秋风吹白了少半
墙壁上的钟表发出不紧不慢的催促声。
我仰望的一颗星呵，依旧隐匿在浩渺的银河
春天的莹露，秋天的寒露
和一只酷似的萤火虫，都无法替代。

醉酒歌

之前,任何借口都令我感到羞愧。
我有整齐的发型,我有心生的善意
我对每个人,彬彬有礼
我微笑。
我想说的话,早已说出口。
我的轻——渐渐浮出了酒面。
围坐一起的人,都是我的亲人
呼来不上船的李白,频频与我举杯。
他的面孔,又箭一般离我而去……
我对着自己大笑或者大哭
我走在一场虚构的春风里。

人生若只如初见

其实我是想留住初见的欢心
哪怕它,极为清浅。
一些珍视的事物
已不再被彼此珍视
收藏的月光,四处弥散了。
不是所有的言语都能通过音韵表达出来
向下的泉流遇到石壁
才会大声欢唱。
知道内心曼妙的人
总会消隐在内心的背面
　……走着走着,忽然就遗忘了一切。

我的灵魂有些变形

有几日,我坐在尘世的镜子前
不当窗,不理云鬓
更不故作叹息。人生走到这个时候
左手边是行云流水
右手边是汽车卷起的烟尘
还有在深夜无限扩大的,隐隐恐惧。

有几日,我的灵魂有些变形
积攒了半生的诗句,仿佛不值得一提
灯盏扑朔,倾斜或者暗淡
我的"抽刀断水",我的"年来心事"与这个秋天
格格不入。
有几日我想与自己宣告,休战
我想就此,宽恕我自己。

有些美是不属于我的

无关乎美。
月亮可以升至中天,也可以在眉间凝结成冰。

今夜,我不想成为月下一片暗影的
守望者,我不想靠近美。

尘世很辽阔。流水的走向很辽阔
它在水中扭曲交错,只有静止时才是真实的。

内心的光芒弥散成灰霾
我和冬天的风正从三行简短的诗句里,抽身离去。

我是一只慌乱的飞鸟

我是一只慌乱的飞鸟。
其实我的慌乱在于
每天栖息在尘世小小的枝头
看那夕阳
跌落,仿佛是地上快速燃尽的烟头。
我已无从辨认
不很明亮的事物
譬如你对我,那次恍惚的笑。
我的慌乱还在于,扇动翅膀时
会撞到浑浊的声音
世界原本不是我想象中的样子。
我想,如果我不动
坚硬的雪粒就会在我身上——来去自由。

如常的生活

今夜，我忘了许下的承诺。
我是故意要忘却一些事情的
就像宇宙里的星辰，总有几颗成为灰色石头
陨落人间。
我不是离尘脱俗的人
我的爱常伴随着，微小的怨恨。
对我而言，活在这个世上已经很幸运了
其他都是额外的馈赠。
你们想象中的我，是我的来世或者前生。
我常常哭泣，就像今夜
又想起一些美好之事，美好之人。
至于那些曾经和正在向我投来的轻慢与刻薄
我也心怀感激。
我甘愿行走在一片灰白的天空之下，那是我
想要的如常生活。

镜中人

沉默。
这个夏天,离群的语言很多
它们像我的局促,自尊或者别的什么。

在夜晚
一步一步走入镜中
没有出口。
给过我光亮的星星,也断了
一只翅翼。

光线
终于投到你面前。镜子里
我已不是,那个如初见的我。

讽刺之诗

走到此刻
已经没有了,敬仰的群山
和谷底,耐心地打着旋转的水流。
我只能收回
我的一颗草木之心
再系上风衣的纽扣。
其实,我是一个极易轻信自己的人
我的简单来自水滴落下的简单
我总是满目喜悦
把老旧的事物看成一缕光,那么美好。
不要再试图留下什么了
岁月慢慢积攒的雪片
在一块顽石上,慵懒成一只小猫。
昨日不可能重现
夜,一直在我身边打坐
我还没有打算在夜更深一点的时候
让傲慢和苛求成为我的故友。

第二辑 与光阴有关

个人履历

我的名字不是我的。
她在别处
默默替我活着。被别人偶然看到
记住或忘掉。
我的年龄不是我的。
仿佛一片风,迎面朝我跑来
又远远地把我甩在身后
我的成长不是我的。她暗合了
一朵雪
坠落与升腾的过程。
其实这张纸上,所有的字迹都不是我的
她们只不过在一支笔的阴影里
蠕动了一下,旁白的嘴唇。

青 春

这是多么值得称颂：春天的路途
生命短暂的细碎与蓬勃。

没有走过的路，此刻还可以重新走过
流水去了，还可以找回清澈的源头。

仿佛一件无关紧要的手中之物
仿佛光线偏爱了大地之上的一些草木。

白发永远都不会在黑发中出生
所有的日子都与你，素不相识。

你可以把自己活成一粒尘埃
也可以活成一颗星星，无论在哪里

飞动
你内心的骄傲和沉默，都是最美的。

中 秋

这一天
黄菊隔着篱笆绽放了
一地秋凉已翻过不远处的山头
枝头的每一片叶子,都了无牵挂地坠下
似乎带着你虚拟的温度
我没有向任何一棵站在近前的树
表达,低于地平线的悲伤

我等着——
一轮圆月,把埋葬多年的雪还给我
把一些旧事物还给我
细小的光还不曾走失,露水中有一万个你的碎影
仿佛这残留的爱
要为我打开,光明的居所

你指给我看的桂树,今夜依旧繁华
母亲,你的亲人们尚且安好
只是我无法在一轮明月下,赞颂这尘世之美
把酒言欢
只是我无法拔出思念的脚步,和浩荡的风一起
离你,越来越远

远走吧,深秋

一

我要的热爱,总是比眼眶里突奔的泪水先来到。
我想的对错,总是发生在对错之后。
被秋天虚构了的遇见,像一片片银杏叶
忽地就消隐在路口。

二

请让我像一朵花,慢慢地绽放
慢慢地脱落
慢慢地想起怀揣已久的欲念,胜过一次晚祷。
请让我们与这个不被内心赞颂的深秋,相视一笑
盛大的宣言也是细小的别过——
别过那些曾经
就像别过一场宿醉,就像月亮也有颓废的时候。

三

不久我将会独自行走,在雪地上。
我已想不起,为你拍下一片白
和它如何覆盖,尘世的辽阔。

你也不会再伸出，坚实有力的枝干
拖住穷尽光辉的落日
让她最后一次对我微笑。对我好。

四

一个永远找不到词语的人，不配拥有。
故乡的汾水径自向前，格桑花又翻过下一个山坡
开得那么极致。
我无法靠近我的任何一首诗歌
她们刚一出生，便背离了我
她们是我深爱着的粗陋的儿女们。

五

房间里，书页被光线翻开又合住
我心上的浪花，一会儿退去一会儿涌来。
如果没有爱过
我都不知道窗外
那些凋敝的树叶为何而生，而落
为何多出一个秋天，就会多出重生的勇气
和叹息般的，挽留。

医院陪护手记

一

可灵魂能被它窥探到吗?
……此刻生命的丛林幽深,藤蔓缠绕
河流平缓,有时也汩汩跳跃——
白色旋钮一旦打开
身体仿佛没有了任何隐秘。
可灵魂能被它窥探到吗?
多年未愈合的裂痕,尘土附着
细如丝发的哀伤
密密交织在一起
还有澄明,晦暗的思想……
此刻,我注视着第五超声室内
一个黑色电脑屏
我自由穿越在医生僵硬表情与诗之维度里。

2016-8-12

二

安宁的午后。
老人们平躺在病床上,风正轻抚

她们熟睡的容颜
曾经的年富力强
被一丝一丝，抽掉饱满的筋骨。
秋天还未衰竭，她们脸上蝴蝶一样的
斑点，已张开翅膀
这灰黑的色彩
仿佛一条河的下游。
任何细微或宏大的生命都将被光阴带走
最终把它们安顿在，它们的梦开始的地方。

2016-8-13

三

外面有细雨落下。
车辆卷起，很多奔跑的水花
还有岁月的烟尘，灰烬。
不管你是否愿意
就那样——
一直向远处去了
你爱着的或曾经爱着的事物也向远处去了
白月般色泽。
有时幸福就像一种微量元素
不知何时，离开我们的身体
无情地
带走，被人间赞颂过的饱满与光辉。

2016-8-14

四

我是否仅仅活过一天
——月亮与太阳之间的虚无给予我更大的虚无。
如果有一万多次重复
必定是生活琐碎的重复。
但凡能感觉到灵魂愉悦的
在每一天到来之前
都会向我露出崭新的容颜。

2016-8-15

五

潮湿,浑浊,长出斑点又带着秋天雨水的味道
——这些病历本里的字迹
它们低低尖叫。白纸上溢出水波。
秋天初来的上午
在医生办公室,天空一样澄明的玻璃板上
白色的庄严正悄然,弥漫……

2016-8-16

六

不要过多在意
秋天的荒凉与辽阔。
那些经过并离开你的事物,并不属于你

用一颗敦厚的心
感受一下生活的远处和近处吧
多么美好!
总有几棵野菊花摇曳,开放。
总有默默顾盼的眼神。
我珍视提着马灯在深夜,向我问候的陌生人
多年后,我会在远去的光里
念及他们和扑打我的,那场盛大的秋风。

       2016-8-20

写给岁月的情书

不用结绳,你给予我的
我都会一一记得。
——比如弯曲如水蛇的命运线
——比如眼睛里,或暗淡或清透的水波纹。
我已经习惯了,摸着你
微凉的额头过河。
春天在远处,每年
都会等我赴一次奢华的盛宴。
其实,你给予我的
远比我想得到的要多。
你是我每一个欢快的白天,忧伤的夜晚
你是生活转弯处的
一只邮筒:老旧而沉默
我喜欢那种颜色,就像一封多年前写好的情书
恰好有了开花的欲望。

乙未年重阳偶书

为什么总是一不小心
就站在生活陡峭的边缘。
那些愿景,春天种下的种子
没有发出嫩芽,更没有在秋天的枝头结成籽粒。
我甚至都
无法拨亮尘世间的一盏灯火
照料不好从身体里开出的一朵小花。
遇见的一些事物,还来不及深爱
它们就已经老去。
心中蓄养的山山水水,也曾无限地珍惜。
我这糊里糊涂的前半生
我这没有能登高望远的前半生。

光阴书

一朵雪化了,为了另一朵雪重生
———题记

1

想起那一年
家就像童年的手垒起的一只沙堡
被命运的指尖轻轻一碰
就残了,破了。

2

记得雪
从大年三十,一直下到初六。
我是山路上的一朵雪花
母亲是另一朵。
我们曾将细小晶莹的幸福
蝴蝶结一样挽在一起
本来是要美丽今生的
却没能翻得过一座小山
没能点亮黑暗的天空
回家的路。

一座通向尘世的木桥
竟承受不住一朵年轻的雪
从天堂坠向深谷。

3

一朵雪化了,为了另一朵雪重生。
她的孩子——
她用命爱过。

4

深深的谷底
没有一盏灯火是亮着的。
昏睡中,我
像一粒尘土,在山间飘荡。
这贫穷的人世
身边除了纸钱一样的飞雪
什么都没有。

5

唯有一次
听到列车的声音
像撕心裂肺的洪水,向我袭来。

6

多年后,我和我的朋友
从一列停滞的火车下穿行

她们一个在前面拽我
一个在后面推我
我像雕塑般一动不动。
仿佛我一动,列车就会开动
仿佛列车一动
那个碾压在心上几十年的车轮
就要将我碎成齑粉。

7

父亲,上次看望你的时候
夏季的水果琳琅满目。
你像个孩子,被我领着
慢慢下了六层楼。
你在路边吃一只桃子的样子
很像我小时候。
所有对你的抱怨,在开化寺街头
飞散成一缕清风。
我想要的那些美好齐刷刷长成绿色的叶片
我想要的爱突然都想还给你
就像儿时你给我的一本小人书,一颗糖果。
那天的阳光真好,父亲
我们走了一路,我们在灼灼光线里
只说
你爱吃的那几样水果。

8

父亲,你领我们去母亲坟前
已是多年前的事了。
我和弟弟还小
坡上的草还未返青
那些给母亲摆过的祭品
你拿来,让我们也吃一些。
整整一个上午
明晃晃的阳光照耀着
三个荒草一样的影子。

9

许多痛是不能说出口的。
我喜欢在暗夜里
咽下雪粒
咽下盐粒
咽下疗心的苦药。

10

命运一定是偏爱我的。
他让我慢慢学会
从低处,站起来
默默注视他的眼睛。

11

夕阳如血。
我要学会为自己输血
学会在人世间
来来回回地,独自走动。

12

移坟时
我看见母亲的遗骨
那么白,瓷器一样。
月光一样。
雪一样。
我不敢再多望一眼
我怕苍白的泪水
惊醒母亲安眠了三十年的灵魂。

13

车上,弟弟抱着母亲的遗骨
我坐在旁边。
我们是多么的幸运
多年以后,我们还能与至亲
相依相偎在一起。
这永恒的画面
最好在天上人间,绝版。

14

弟弟，自母亲走后
你就是我所有的眼泪和欢笑
你是我心尖上的芒刺。
后来，你长大了
你就是我在尘世最安稳的依靠。

15

记得有一回
你行走在北京的夜色中
给我打来电话，你说：
"姐，等我们老了
坐在一间洒满阳光的咖啡屋里
我们两个人要好好地
说说话……"
那一瞬，我的内心
突然大面积雪崩……

生日：写给自己

不要太脆弱
即使眼前的境遇，犹如
一片荒草丛生的田地。
不要付出太多
有些人——
像风中的烛火，总是忽闪着模糊的影子。
不要凌晨四点，独自起身
坐在床边，深深地自责。
给一颗尚未成熟的麦子
一些长成的光阴吧！
不要远离美
珍视内心的一点本真和善念
那是我今生无限眷恋着的事物。

采菊东篱

看见的不是南山
是我的影子。

东篱之下,有深埋我的落叶
指尖坠落的一寸光阴。

从路的这头走向那头
我只能听从自己,在料峭里重生。

春日途中

晨曦凝重,草木依旧清冷
道路边,一些残雪
尚未隐身。
此刻的我辗转于路途
一片先秦的瓦当辗转于光阴深处。
我仿佛是一颗小小的露珠
在第一缕光线到来时
想要用透明的心情,打量
这历朝的古都。
一切都还在路上
此刻,景云钟还没有敲响
天边已有大块的云朵,环佩叮当。

失眠记

一

十二点一刻,那些惦念着的事物
都没了消息。仿佛黑夜
把它们提前逼向更深的虚无中。
凌晨两点钟,外祖母翻身
咳嗽了两下
这让我想起多年前
墙壁上那只德国老式钟表的
报时声,虚弱而无力。
两点十分,我像一个忘带钥匙的夜归人
一次次试图叩响夜色
深锁的生活之门……
光阴不停地飞绕在枕边
这些黑色的蝴蝶。
我不再追随
扑闪的翅翼了,各自飞翔吧——
我的十个念头
我给它们灌了二两白酒。

二

众多月亮悬在头顶
内心的事物,被照得体无完肤。
我大睁着双眼
世界仿佛来路不明。
怎样才能摆脱你,无数的影子
在飞。
与死者蒙面,擦肩,与各样的假花对话
与悔过的时间交谈
与我的前世,今生。
我试图用一只大手触摸那几只黑鸟
思想的灰烬
我试图按住一直醒着的虚无的念想。

小 满

一切都刚刚好。
黎明总是从夜里醒来,给我一些慰藉。
走过的路还在继续
明日之我,隐约可见。
我曾俯下身
把一粒种子深埋——
是土地无边的黑与潮湿,让
内心的青芒
斜着长大了。
其实我不知道的依然有很多
我甚至说不出一个节令,朴实的念想。
我的诗页上
依然杂草丛生
一切都刚刚好。
任何籽粒,都无须完满
只要努力活过了,只要
我的眼睛
像一棵麦穗
散发出,迷人的味道。

秋花春梦

有多少鲜艳的时光离开我们的眼睛
飘向记忆的天空。
我们继续着的是那些还未完全盛开的
我们努力绽放的是那些还未曾萎谢的。
唯有一片春梦,可以与脚下的草木
同生。从来路,到远方。
这一生
我们既然欢度过良辰
也要孤独地,走向灰白的田野
和落日黄昏。

又一年

我是虚弱的。
我知道这虚弱来自,屋外咄咄的风雪声。

春天的花朵,在一片旧光阴里
被你打开。逆着光
那时候,美,铺天盖地——

我还没有,对万物的慈悲之心
对于美的深爱,也仿佛不值一提。
甚至这爱,都无法翻动一页薄薄的诗笺

无法让我轻易走出我自己。
你给予我的,已经深埋在这个冬天
还有缄默了很久,那不能说出口的话语中。

2017年1月1日

此刻，我们说出的言辞游移在夜空
仿佛许多光亮的小灯笼。
多么幸运，旅途过半
还能坐在一起，说一说
或逼仄或宽敞的人生境遇。
你隔几盘简单的菜食，生活的种种不如意
端起一杯酒
夜风正送来缤纷的往事和在往事中汲取的一点暖意。
雾霾正浓。
仿佛我们内心有那么多不能驱散的困顿、屈从
在黎明来到之前，在黄昏暗下去之后。
我们提及的事物是清亮的
小饭馆是清亮的。
即使我们说过的话将被厚厚的积尘附着，锈蚀斑斑
即使我们的心绪终将悬吊在光阴的枯藤上
而此刻的我们，是清亮的。

月到中秋

夜再深一点,我就会走出家门
挂在五角枫树上的月亮,在黑暗中
将我轻轻擦亮——
一根短小的火柴
在一瞬间,看到了自己的灵魂。
还有爱。
今夜,我不能承受这片月光之重
被我想起的人,都走进苏轼的一首词中。
月光,成为纷飞的旧日
它们一一现身,铺满脚下的庭院,与我耳语
最后又住在我的眼睛里。
我想夜更深一点,我就会遗忘
短暂的秋天
遗忘你,一个在天空中种植花朵的人。

立春念

一

残雪，躲在屋外的空地上
结成一粒粒慌张的眼神。她裹着风
打战。有些已给了白云和扭曲的树根。
冬天太漫长，这唯一的一场雪
还没有覆盖住焦黄的叶，就停了
停得那样迟疑，又无所顾忌。

二

春还是来了。中年的我依旧疑惑，懦弱
踏着冬的灰白韵调，行走。
身体里有风穿过，是吟唱还是滑稽的歌颂？
一片春光从窄的天边，进到我的屋子里
桌上未干的墨迹深深浅浅，像远的树林中
那一群欲飞的乌鸦。

三

我欣欣然。为着这样的光荡漾在世界
它比平时多了一小会儿照耀和重生的意念

它没有假的牙齿和笑容。

四

我愿意把我看到的春天，春天里的蜜糖以及微弱的风都给你
你能看到那些向你奔来的马群一样的光芒吗？

把三两点梨花雨埋进我的骨头里

饮下一盏酒,让我醉卧在千朵万朵梨花中
这白是我的,填满尘世的沟沟洼洼。
身披月光的人,正怀揣四月里素淡的水
赶来。桃花,紫丁香,海棠也一起赶来
我却要独对春风
春风里有梨花抖动的唇。
我用笑,款待林子深处晃动的影子
无人的时候,也踉跄行走,望天,饮酒,写诗
也把三两点梨花雨埋进我的骨头里。

灯火和孩子

你在说灯火和孩子
说我们的后半生。
"田野里还没有结出一颗像样的果实"
一个少言的父亲，说完后
看了看我
便把目光移走，一只鸟钉在雪白的墙上。
窗外，整夜有雨
正漫过茫茫的夜色。
中年的我们，在忽明忽暗的雨丝中
寻找着彼此的手，彼此的声音。

夜 里

夜里，我敲击一只黑色的电脑键盘
和键盘上游移不定的月光。
我的小手指，偶尔会按住
灵魂中急速滑翔的飞鸟
它毛色淡白，光滑，清亮。
不过大多时候，我只能空望
墙壁四周附着的尘土
钟表的指针
天花板上铺展出的想象与慢走的词语。

夜里，我所有的思想，对于木桌上的
日常之物，并没有什么意义。

我想要的生活

一朵花可以开到极致
但身边的风声越来越紧。
我总是慌慌张张地迎接下一个黎明
总是半信半疑地接受上苍,意外的馈赠。

其实我想要的生活
接近秋天的一潭静水
接近屋檐下一段灰白的炊烟
它们寂寂无语,从我来一直到我走。

晚安,群山

隔在我们中间的
还有更虚空庞大的事物
比如,暗夜和孤独
我知道
群山的背后还有群山
不去想那些执拗的影子了
——晚安吧!

这些雪落下来很久了

这些雪落下来很久了
它们已经用身体掩盖不住冰面的瓦蓝色
这让我看到了深处的事物,如一棵老树的沉默。

你停留在我们认识之初
并没有看到这些雪,被用旧了的模样
却说它们是海水中,一群欲飞的白鸟
昨日之欢愉。

也或生活本来就是烟花四溅,美好坠落
总还有星星点点的存在。
远处还有积雪,也还有几个人在蒙尘的白里

想念着谁。总是这样
能让我们动容的,往往最容易落下帷幕
就像这些曾经盛大的雪,来了——却不知
会以何种姿态
突然离开人间。

干净的植物

你每天都要仔细浇灌
园子里的一片田地
你对微小生命，有郑重的许诺。
地头不见了碎石和瓦砾
昨天焚烧的枯叶，也深入泥土之中。
破土的事物，正默默说出
自然的恩赐
教堂的钟声飘向了天牙山的背后。
有一粒发芽的种子，就会努出一点绿色
万物其实有自己生长的秘密
就像有些词语，刚好被你找到
干净无比。

今晨针灸治疗迟了些

因此，我能看见窗口的春光
瀑布一样倾泻下来。我在想
左手边的那人，可有三千尺的病情。

他后背上，立满了银针——
这古老而神秘的林木
立在万物之上
根紧握住，肌肤深处的痛楚和隐忍。

就像我，此刻也将把头埋下
等待新一轮的光亮
扎入我这晦暗之身。

明日诗

一切都去到了将来的模样。
芽苞变成了浓荫
汗珠变成了露珠。
是不是可以把过程略去
就像我们走过的那些虚无之路
就像一个人已经忘记苦里残存的
一丝甜蜜。
随便成为什么吧
枝头的一朵花或者一声鸟鸣
只要昼夜不舍的诗句
深深种在泥土中
只要说出的言语,像你陈述的园子一样
踏实
永远带着植物生长的气味。

第三辑 因为天空

阳光的见证

在阳光下,有值得去热爱的河流,草木
无论多么细小或辽阔
都是我的祖国。
在阳光下,每一次季节的轮转
都温暖如初
譬如这个秋天,思想多汁
湮没了虚浮,一些躁动和生活中的盲从。
在阳光下,每一个旧疾、块垒投下的暗影
终究,会被闪动着光芒的事物驱除。
在阳光下,一群人在心上凿出了玉石
一滴露水凝结在新生的草叶上,晶莹的王冠——
我们有了欢唱世界的理由。
先人们,曾举起青铜一样的光与火
用身体和精神,填充暗夜里的暗色……
如今,万物动人。霞光陌陌。
在阳光下,每一条河流都有古丝绸的华彩
每一次大风吹过,都有秦砖汉瓦的坚守。
在阳光下,人们不停地行走着,所有的黑霾,尘埃
都将消失殆尽
一条光线旋开的境遇就是一片时空,一次更迭
一种血脉传承的抵达和庇佑。

致祖国

就算我是庭院里的一朵旧雪
也要在一束光里，快乐地醒来。
就算我是将要落尽叶片、干瘪的枝条
也要把身上的温热，打磨成厚重的古铜色。
有时候，门前的汾河水竟不能承受我的
一滴泪水的重量
我知道我不该如此多情
可在这片土地上，有我深爱着的事物——
它们乡音浓厚，正塑造着另一片美好的山河。
去年，我登上了遥远的祁连山，顶峰
终年积雪
我一次次地仰望，心中圣洁的白，一种气节
就端坐在天地之间。
每个清晨，我都能看到露珠有不同于昨天的明净
每个夜晚，头顶群星闪耀，那是千年的灿烂和深藏。
我相信冬天里的一把草籽，有无可比拟的力量
我相信美——会开出永恒之花朵
我相信走过的每一条坦途或歧路，它们是
最摄动心魄的生命的诗行。

黄河岸边

如果河水是流动的血液
那么岸边这些深深浅浅的裂纹
就是曾经留下的伤痕。
我不知道"祖国"这个词语
可以装得下多少岁月，烟尘，隐隐苦痛
也无法说出，它的厚重与深沉。
那些凹陷与凸起的黄泥土
仿佛一只巨大的古陶瓶
我把这些交错的象形文字
读成：大地与天空。

黄 河

有一条河的魂魄是母亲的魂魄
有一条河的流动是五千年风烟,尘雪,岩石的流动。
那些飞腾的浪花分明是宣纸上活泼泼的草书
沉寂的号子,嵌在臂膀里的绳索分明是一段隐忍与屈辱。

这天上来的水,我白发三千的母亲。
每一个儿女都想把脸贴近,充满大地和泥土气息的黄水波
母亲的身体,有古瓷一样的色泽,微微地
闪烁在烟波浩渺的最深处。

《道德经》中诉说的虚空,仿佛还在久远,苍老的河岸边
默默停留
世间千万种的情感,终归于一条河。
水中每一个深深浅浅的漩涡,湮没了泛黄的史页
我们不会遗忘母亲的苦难和一条河的蜿蜒曲折。

其实,面对河水的那一刻我是茫然的
其实,站在高山之巅,我是狭隘的。
在岁月中弯转了千万次的黄河,你把你非凡的气度
抛向天空

天空是如此辽阔。

我是黄河的儿女啊！
我头顶的先人们灿若群星，脚下
河岸边的谷稻，青稞，麦黍，正微微低下饱满的头颅。

我时常把故乡当作心头的一颗朱砂

我时常把故乡当作心头的一颗朱砂
我时常让北方陡峭的风吹疼我的脸庞。

此刻飞扬在尘世,新鲜的雪花,斜过我的身体
一群洁净如初心的蝴蝶,刚好出生——

我对故乡的热爱总是笨拙的:
我还无法去到一棵草木之中

我的乡愁是内心安放的殿堂。
在这片厚实的土地上生活是幸福的

天空明朗。道路安详。
那些箴言和思想如夏天肥硕的叶片,绿意满怀

我愿意我活过的每一天
都还在不停地生长。

我对故乡的赞美总是卑微的：
我的文字配不上众多向上的日子，它们灵魂深刻

有写意也有抒情
还有带着高原之美缓慢流淌的，恒久的坚持力。

诗

天空中的一行蓝墨水

花朵起伏的心跳里有甜蜜的忧伤

舞者用脚尖行走出的辽阔

一颗流星,一点微茫,一粒尘埃,一回悸动

庙宇的风铃、钟声,石阶上的青苔印痕

红月亮,失声的河流,一棵树立成了千年的孤独

祖国在呼吸,低吟

一缕人间烟火弥漫在土地上、光阴里、世界之中

哲学笔记（组诗）

无根的花朵

——海德格尔的"闲言"

夜凉如水。如水的还有隐藏在
草丛与枯萎树叶间的蝉鸣
茂密树木中的鸟声
向晚时分躁动在池塘中的蛙叫。
（这已经是夏季的事情了）

那些花看上去真的很明媚
它们与天空有眼神的交流，仿佛心领神会。
我走过来的时候
情不自禁地停留，赏析。

人们都说这些花，多么好
——世界的蝉鸣，鸟声和蛙叫。

深陷在语言之中
心思荡漾。我举起右手，拢起声音

又告诉近旁的一些人。

夜凉如水。这些看似清澈的水波
供养着无根的花朵
在我们眼中雕刻出刹那的永恒。
而水中的折痕
我们说来说去的细节,被一一抹平
仿佛世界本来就是这个样子的。

桥

海德格尔说,"轻松而有力地飞架于河流之上"
我听到了

却无法轻松而有力地横越,中年生活。
有太多暗礁、漩涡以及不远处看似平静的水面

有时候,平静是最令人担忧的——
比如书房里那些沉默的字迹。

我是柔软、懦弱而动摇的,水中的一株草
将漂浮在何处,寄居在何处?

面对桥,我常常走上去几步就折身而返
来不及在"逝者如斯夫"的光阴里,发出一声叹喟。

林中路

在林中
一切能听到的仿佛都可以看到。
它们时而明亮,时而暗淡。
我不情愿把时间消磨在小路之外
那些真理
那些斑驳的光影越来越迷人。
一只红梅花雀立在枝头,颤颤巍巍
我从树下经过。
这是怎样的境遇
一阵风一样,怕被吹走。
此刻路上是有光的
我就在光的背面。影子极其浓重。
此刻任何一片略显多余的叶子
都能遮挡住,我望向尘世的目光。

存 在

每天都有一个重新活过的我
所有的细节都与昨日不同。
一些事情在我身上发生
雪在下
天空的蓝在急速流动,而白云是静止的。
我每天的懊悔都和之前的不同
包括喜悦。
不要埋怨顾盼的眼神

很多石头在城市里筑起,无形的墙
我常被撞得头破血流。
这个冬天,马上就要结束了
我依然一无所有。

日日万事丛生

我甘愿走向你们——
甘愿走向世间的任何凡俗
其实凡俗本来就是我的影子。
那些新奇的事物,枝头一只又一只不安分的松鼠
总是令我,目不暇接;
尚未翻动的日历,每一页都充满魅惑。
而秋风
已把街角的落叶,擦拭了几遍
我无法一一拾起
就像我不能拥有我所珍爱的一切。
在飞起的尘埃里
我看到了一些繁复的美,一些光芒
……日日万事丛生呵!
对于我来说,这也并不是什么坏事情。

隐秘的光芒

为了热爱和拥有
我把山坡上几块洁白的石头当成羊群
我把一朵接近春天的花送过小桥
我把内心浩荡的白雪铺成另一片天空
我把那些隐秘的光芒当成喝下去的一味良药
我把里尔克写给青年诗人的信,偷偷地拆封
我不喜欢我的懦弱,言辞的守旧
我渴望把喂养了多年的词语重新拆装,搬运
悬吊在一张白纸上
住了多年的居所,废弃在一个荒芜的小岛
我把热爱和拥有,当作神的昭示
然后,带着你送我的笔,走进
生命本身的孤独与苍凉

雁丘辞

我情愿做那只飞翔的孤雁,让无情的
捕网,疏而有漏。
我情愿为爱,做最后一次挣扎,一次义无反顾
我情愿洒下晶亮的泪水
洇湿平淡的生活。
一首词的深度,能丈量一条光阴的河
在故乡的河岸上
元好问垒石为丘。小小石冢大于方圆三十里的天空
大于心灵的国度。
我情愿用像老翅一样的闪电和语言的刀锋
击打尘世中那些早已忘却"情为何物"的人。
我情愿一生只做个诗人
与自己狂歌对饮,经过几回寒暑。
让我那轻于尘土的笔端
永远赞颂爱——
赞颂这世上一切值得赞颂的事物。

紫荆花开

你曾是屈辱的灵魂
呼号着奔走在一程与另一程的苦难之间
百年光阴,锁链般冗长而浩渺
你在枝头打开的一瞬,经历了几世的翻转、轮回?

阳光是布满恩泽的
海风是布满恩泽的
自由的天空是布满恩泽的
赤子情怀与春天归来的喜悦是布满恩泽的。

一朵朵艳紫——母亲掌中的明珠
那光亮,热切的气息,甜蜜的芬芳铺满整个港岛
季节来了又去
那是二十年不遗余力的蓬勃与渲染。

你在终被雨打风吹去的相思泪水风干时盛开
你在香江水激荡出火热而狂想的音律中盛开
你在摩天楼宇点点灯火触摸星星翅膀的幽远里盛开
你在广场飘扬的旗帜和回望雁群盈泪的目光中盛开

你轻盈地盛开,向着母亲的每一寸肌肤
你永远盛开,在属于自己土地上
以最迷人的姿势,和金子般坚执、振翅高飞的信念。

春天的一场葬礼

风吹拂着哀伤。
沙漠再一次把生命
逼向荒芜的边缘。
我看见几棵树正参加春天的一场葬礼。

而祈祷,祈祷的歌声
被时间的绳索悬吊。
记忆的嘴唇一旦张开,那些树叶的哭泣
纷扬如雪。

是我们砍伐了云杉的影子,鸟儿的翅膀
砍伐了麋鹿啜饮的河水
和大地饱满的肤色,表情
甚至生动的灵魂……

——请记住一些呼喊,哀鸣,灰色的星云
和春天的一场葬礼。

万里晴空

从不知道一个词语这样辽阔
它不仅描述天空,还描述天空下的万事万物。
凛凛风声,吹起一串灯笼的红。

从不知道一个词语这样稀有
仿佛我的童年
露出,清楚的轮廓。
仿佛童年里母亲给我的那几颗叫得上名字的糖果。

从不知道一个词语这样贵重
用什么可以重铸内心的清亮?
窒息的烟尘,黑灰颗粒是我们自己豢养的小兽。

在一个词语面前,我们常常忘却羞愧,忘却怎样获得
和拥有。

风起青纱帐

——为抗日战争胜利 70 周年而歌

八月的风起了,卷走村庄里最后一缕炊烟和霞光
杂乱的长筒靴和刺刀无端闯入
村口那棵老柳树,多少母亲、孩子,倾倒在斑斑血泊中
肥沃平坦的冀东平原啊,失去饱满的色泽
只有枪炮声声,鬼魅般日夜回荡

田野上无边的玉米地,高粱地被风吹拂
涌起层层浪涛。它们的长势似乎更加顽强了
腰杆笔直,叶片是无数闪着光的大刀,长矛
村里村外的汉子,女人,儿童,从远方山梁翻过来的游击队
迎着风走进去,把心底流淌的血泪埋在泥土里
在密林中、迷雾间,隐藏起雄鹰的眼睛

风一遍遍吹,吹裂头顶明晃晃的日头
吹起浩瀚的绿色,这绿向铁轨沉沉的声响里,向碉堡边移动
向恶魔的血液,骨骼,心脏——每一处要害移动
无数仇恨的子弹穿过枝叶,箭一样地飞
八月风中的青纱帐啊,声音"沙沙""沙沙"

多像夏天一场痛快的雨，要浇灭企图焚毁家园的战火……

岁月悠悠，曾经站立千千万万座青纱帐的祖国大地
玉米闪烁着金色，高粱红缨飘舞
那神秘的高过天空的力量
在我们的民族精神里，永远凝集，起伏，蓄势待发

在八路军太行纪念馆（三首）

在八路军太行纪念馆

走进去，1937年以后的
一场又一场战役，迅猛开始又迅猛地结束
无数的挺进，突围，昏迷，伤口，壮烈与惨烈
山脉一样，起起伏伏连在一起。
走进去，太行山的每一道沟沟洼洼、圪梁梁上
被岁月磨了又磨的家仇国恨
依然刀锋赫立。
需要删去母亲撕心裂肺的呼喊和扭曲表情
紧紧关上，被恶魔踢开的柴门
再掏出它们的狼子之心！
走进去，可以绕得过高山，却绕不过一片血浪
挨过了冗长的黑夜，却挨不过鬼子挑在刀尖微弱的气息。
走进去，每一个展示窗都是望向历史烽烟的眼睛
每一支枪管里都隐约发出轰鸣。
那些烈士穿过的草鞋，打着补丁的行军锅，小米加步枪
星火的蔓延和燃烧，拨亮的灯芯
那些艰苦卓绝，前仆后继……
都浓缩成一段雄浑的乐章，一次血的铭记。

"名将之花"之凋谢

1939年11月，在巍巍太行，黄土岭上
一朵被鬼子捧为掌上珠的"名将之花"——阿部规秀
被我们的炮火合围、阻击
还没有盛开就瞬间化为了灰烬……
这是我们神圣的国土！
黑色的花，灭绝人性的花，无端闯入
带着血腥，狰狞的笑和狼子野心。
我们集结好队伍，咬碎草根和牙齿
挺起山脊梁一样的身子
把它们一个又一个摔进悬崖，推入深谷，砸进石缝
让正义的烽火，烧死它们
或用闪着寒光的大刀把它们连根铲除。
草木皆兵。
让我们的山桃桃花，山菊花，山榆树，青杨树
都冲上前线
让鬼子队伍里面那些骑着高头大马的鬼子
最先跪地求饶，一枪就毙命……
祖国大地，漫山遍野都怒放出正义之花，气节之花。

战地诗歌

在"八路军抗战文化墙"的玻璃窗里，珍存着抗战时期八路军部队以及根据地出版的很多诗歌刊物。有《诗刊》《诗风》《诗建设诗选》《诗人》……

……这些发黄诗页上的每一个字
都是弹火风暴撞击而生成的。

在撞击中,它们像大刀一样
豁然挺立起来
山圪梁梁上的高粱和玉米都是我们的游击队
玉米暗藏刀锋,高粱燃起了烈焰。

字里行间,有秦砖汉瓦坚实的比喻
一些精神和信念
常常在最暗的暗夜里
它们沐血浴火,最后飞鸟般地
一行行飞起。

有的诗句被逼到了绝境
有的诗句牺牲了
就算这样,也要把储在胸膛里的火种
雄鹰的眼睛
都交付给,后来的千千万万的诗句……

祈祷辞

祈祷此刻所有的记忆,都藏匿于一场晨雾之中
祈祷我生而为草,为树,为一只小小的蝼蚁
祈祷过去的美好不是真实的美好
祈祷不要用多一分的目光,注视我和枯叶铺满的身后
祈祷还没有活过的每一天,都有爱的微光
祈祷每个清晨都有一次动情的回眸
祈祷满含着微笑或平静地聚首,分别,远走
祈祷经过或未经过的那些道路,雨水,和隐约的灯火
祈祷爱过我的人也曾被我深深爱过
祈祷平淡的生活如神祇,悄然降临在窗口
祈祷我的心可以庸俗而洁净地跳动
认识我的人在一杯茶的余温里,情不自禁
喊出我野花一样的名字——
哪怕是很多很多年以后。

翡翠里的山河

> 石韫玉而山辉,水怀珠而川媚。
> ——陆机《文赋》

一

藏在大地深处的事物
有永恒之美。
就像一块古老的玉石,默默发着光
其实连一棵小草也有自己的谱系
为之骄傲。
血脉终有来处
万物终会找到自己独有的思想。

二

要学会沉默。
学会蕴藏。
如果注定是一块不起眼的石头,那就用
一生的时间,学着发光。
就算一颗凡俗的心,也要靠近美。
要时常低下头
赞颂细小闪光的事物

要让爱过的重新插上,一对爱的翅翼。

三

清风吹动玉露。
把一块碧玉
养在内心的山水之间
就是养在昨日与明日之间
养在晦暗与清明之间。
有些缘,是与万物结下的
善待每一片云絮,每一个瑕疵,每一道裂变
每一个经过的人。
让我们在不完美中完美地活着——
一块玉碎了,也能说出
星星在夜空闪烁的秘密。

四

感恩生活
翻来覆去地雕琢我们。
那些去了花开荡漾,只留下的残冬
也是美的。
就像玉石里有灰色丝絮
生命的另一种飞翔。
请守住岁月的颜如玉,所有过往
——这人间最珍贵的礼物。

五

我想赞美的
不只是内心的山河。
你看高处的林木正默默修行,水流
暗自涌出真性情。
大地之上,永远都有清澄莹亮的地方
一些人走在前面
一再被拨亮的除了灯芯还有无数人的眼睛
我想赞美的事物
正裹上一层,迷人的包浆。

尘世之歌

我是戴着青春的王冠来到草叶间的吗
我是散落在岁月中的一粒珠子吗
只要你们这样认为。
只要我从眼睛里把繁复和假意拿去
不拿也行,只要眼中还流淌着干净的泉流。
石头与石头的磕绊
还在路上。我的愿景是:
白云不被突来的大风撕裂
我不被自己拱手让出。
其实我们都在等待
就像这些草们,在一起,竟能承受不可承受之重。
我想躺下来,接受光线给予的切肤的暖与柔
仿佛爱。
我想迎风站立,吹起一角衣襟
是不是就能看见诗中的杜甫
沉郁顿挫。
这绿啊,足以让内心的一个时代返身而回
让细小的爱,再蓬勃一次
就算我们挽着枯叶般的手掌,慢慢走向垂老
也是值得的。

第四辑　经过内心的山水

在青海（组诗）

祁连山上的雪

在青海，凡是能看到的白
都是神秘的。
譬如祁连山顶，那一片遥远的雪
站在万物最高处
闪耀出，千万条哈达的荣光。
羊和云朵在低处走动，一朵朵大雪花
涂抹草地裂开的伤口。
更低处，还有无数细小的卑微
簌簌地，落向人间
还有我——
一个内心没有安放一片雪的人，被这些白刺痛
一个内心没有装得下辽远的人，除了失声尖叫
已经忘记，深深的赞颂与感恩。

卓　玛

不用多少，二十头羊儿作聘礼就能换来你的后半生。
不用多重，一条银腰带就能拴住你的青春。
你生下的每一个孩子都有和圈里小羊一样洁白的乳名
而你秋天的脸，一年比一年深红。

你守着瓦蓝瓦蓝的天空和一顶小小帐篷,这是你全部的家当
今生的富足。
你的衣裙里时常裹着酥油、奶茶的气味,草原上最昂贵的香水。
你宽大的指节缝里流淌出青稞酒,在大河冰封之前
你日日供奉在前堂的
是神的赐予——
你用一盏酥油灯的光辉
擦洗它们,还有那颗匍匐在路上的,朝圣之心。

盐 粒

仿佛人世间所有的苦痛都有了证据。
这白花花的苦痛

没有边际
在众神安宁,如镜一样的湖水边。

迟早会被岁月板结,风干
——从心底流出的泪滴,汗滴,甚至血滴。

不为一时苦而苦
这样才配得上隐忍之外,深蓝的辽阔。

在茶卡,我并不动心于遇到最美的自己
我要掏出一粒盐、十万盐粒的苦涩,铺在命的中途。

有光照耀

不知阿爸背着

一心皈依的小扎西到了寺庙门口没有

反正那道高高的门槛上,有光照耀

不知僧人们捏酥油泡在冰桶里的手在六月复苏了没有

反正供奉在佛前的酥油花瓣,有光照耀

不知大金瓦殿前磕长头的人把自己的双腿捆绑好了没有

反正木板大的一块空地上,有光照耀

不知养育了几年的小尾寒羊卖出好价钱没有

反正桑吉捧在手上的供养,有光照耀

不知菩提母子树新生的十万叶片,刻着经文没有

反正清风来去

袅袅的佛音里,有光照耀

青海湖

这里的人们都叫你海子。

其实挂在天际边的你,更像一条深蓝色的路

没有尽头

却能让我,从人间瞬间抵达天堂。

在靠近你的路途上,我要放牧我的一颗红尘之心

哪怕她如一头小羊,在茫茫的草波里

四处游荡。

在靠近你的路途上,再大的风雨也遮不住

你深蓝色的光辉

它不动声色,磨洗我——

中年的羁绊与对爱的一些虚妄。
在你面前
我会越来越轻,越来越小。
我甘愿成为你岸边的一颗沙粒
在你深蓝色的诱惑里,虚度——此生。

经幡飘扬

有了经幡,草原就有了庙宇;
有了飘扬,湖水就有了殿堂。

读不出五色旗帜上的经文是抵达不了的神圣
一个不合时宜的外乡人。

而这清风吹起的诵念
一波接一波,一浪接一浪。

仿佛我也在特别的祝福里
飞身成仙。万物之美尽收眼底。

羊皮筏子

我没有勇气去打探
一个活的生命是如何臣服于古老、伟大的手艺

……几只羊的躯壳鼓胀着,并排着,捆绑着,载负着
去到水里
天性,奔跑和草原,已经死去。

我没有勇气穿上救生衣,坐在筏子上
水中的木桨,仿佛在泅渡一些灵魂。

岸上,一个生意人
正对着羊皮上的气孔吹气
仿佛他是在不停地歌唱,生命所谓的逆袭和重生。

则天故里小记

一

园子里有柳絮浮动。在光阴这条河里，它们任意地漫溯。
我也是其中的一朵，我也有众生相。也有一世的浮华，苍
  茫与失落。

二

江山无限。我只做自己的女王。
在一行诗里，在一个词与另一个词擦出火的刹那
在痛却不能说出痛的节奏里，在赐予、加冕、逃离或者感
  恩万物时。

三

你一生的荣耀，在一张壁画中，竟然一点点脱落了。
殿堂外，那些沉默的云朵
被时代的风来回吹拂，仿佛还在阐释着什么。

四

在这里，不敢与一朵牡丹花媲美，甚至不敢说出什么是美
——万千的美也无法描摹你。有些美，只适合想象。

五

屋檐顶上，有光照进来。最高处，曾是一个人的盛世。那样的盛世终究成了一块无字之墓碑，在历史的荒草中沉默着，也诉说着……

再到灵石（组诗）

红崖顶

我竟不能混迹在一片苔草中
看一看，人间的天光淡影
秋风肃杀。
我竟不能跳出生活的尴尬境地
用心享用自然赐予的一场盛宴。
牛角鞍，2566米的高度
不胜寒。
雨夹着雪下来，绵绵无尽——
鱼龙混杂的心念对我来说是常有的事情。
内心积攒的雨水，随我一路攀缘上来
在草尖停留，汇集成海
云在低处浮动，海一样幽深而辽阔。
木质台阶上堆砌的松针，是生命琐碎的细节吗？
它们在我来时路和去时路上
裹着与世界一样的灰色尘土。

再到石膏山

再到石膏山，就有了故乡的感觉
一草一木皆亲人。

不用俯身攀爬三千石阶
不用站在南天门,君临天下
人间的俯仰太多,壁立如刀的山峰太多。
那个护林人手指的地方我是去不了的
我只能听从命的旨意,选择一条
归途。
夏日刺眼的炫光已在枝头破碎
也许只有中年才配得上
这秋天的柔美
配得上整座山的富有和发了疯也要变红的树叶。

这些爱始终安放在内心的一道山谷中

我写过的溪流、木屋和黑松林依旧活着
我是说,我的爱依旧活着。

我们都需要爱。并且这些爱始终安放在内心
一道隐秘的山谷中。

就像鸟鸣,就像秋天的五角枫燃起的火焰
就像巨石上长出青苔,绿得让人发慌。

我不知道,那些藤蔓缠绕、根须裸露的细碎光阴
怎样地触碰我,刺痛我,召唤我。

一切都有旧日的影子。
我重新回到旧日的爱恋中。

长发及腰，沿着你的名字，我的名字
一路向上。走入被前人演绎过的，爱的结局。

半　山

车到半山停下来
无数台阶在雨雾中突然抬起自身的高度。
一步一步，我在阶梯上
艰难攀行。
还好，同行者回身拉我一把
我说：不行了！
天空伸手可及。那些冰雨还未完全坠下
就飞身成雪。
是的，我是一朵永远找不到春天的雪花
扑打，旋转，前倾着身子
向着高处。

惠州海边（三首）

海

之前，没有见过一次海。
我不知道海水会吐出那么多白色泡沫
它们不停地生成，又破碎
一片片残骸堆积在蓝色的虚空里。

海的深处有没有更深的海
天空之外有没有更空的天空？
涌起，又从高崖上跌落的花朵
是命运之手，骤然打开的。
只有礁石的沟壑与一些细小贝壳
生了锈一样，静默着。

此刻，落日的光开始浸入海的光芒
这些光，叠加成一个世界
它们撞击着暗流，死亡
远处的点点白帆和我永远也不能抵达的
万物的神秘。

随 想

两股水流的对峙应该是身体与灵魂的对峙
他们撞击，拍打，掩盖，最终和解
我深信海——
所以我对他默念或高声说出，尘粒一样真实的夙愿
临走时，他回复给我一片涛声
——这苍茫无垠的告别仪式。

汲水的小侄女

她弯身。她小心走下每一个石阶
我紧跟其后。
她的笑声是一千朵干净的浪花
不停打湿我的衣裙。
那些长在石头上的青苔多么湿滑
我再不敢
踏出一只脚。
她却把一根长长的空心竹探在水里
大声说：取一点水上来，就能摸到整片海了！

苏堤何堤

一

我是白天来的
却看到你的长衫,飘逸在
如带的月影里。
我紧跟上去,问:"苏堤何堤?"

二

这些年
也曾月下写诗,却不敢有半点
"玩月"之心。
你的"水调歌头",已经跌入
我的另一个繁复的生活场景
便无所谓平湖还是丰湖了。

三

到惠州,定要走一走
用诗歌和月光筑起的长堤
一路上
卸去身体里的三分世俗,两分倦怠

卸去满目沙尘和世间那一片最薄凉的雪。

四

两行榕树垂落下的
皆是你的须发
随风,散开。
我每到一棵树下,便站立良久
我在听
有没有宋时的雨,敲打古树。
不,那是你
命中的苦雨,不听也罢。

五

千年了,你的诗还在
被贬途中的舟船上
漂泊。岸边、湖中扎起那么多艳美的花灯
却比不得
孤山上的一盏孤灯。
越过岭南的白墙黛瓦,粉荷黄荆
越过千年的风雨
我痴等,你那醉酒成性的诗
上岸,让我泪流
满面。

六

为何紫荆花盛开得繁盛

为何凤尾竹叶游弋得唯美
我都不为所动
为何从头走到尾,我一直在心里默念:
千里孤坟,无处话凄凉。
原来,一个人,在一首词里
早已把自己笃定
再无任何松动。

相见欢

一

就连岭南的风
都如一阙新词的开头
没有月光,却有柔软的事物拂过面颊。
人生的每次相逢都是久别重逢
内心的山水终会遇到一盏为它而亮的灯火。

二

其实我是固执的,固执如北方的风
只朝一个方向吹。
其实我是暗淡的
无法绕过这些年一直醒着的灵魂。
客家的筒灯在下午三点,如此明亮
把几个沉默的影子
收拢,叠加起来
仿佛这世上,只我独自一人。

三

又是一年风露。
去年的繁花,你声音里翻滚的浪花

都还在。
它们在心里,默默生长
长成下一个春天的模样。
我醉意蒙眬,仿佛此刻的尘世也醉意蒙眬
这样多好。
人生路途极短
就像你送我时,沿途播放的三首歌的长度。
不要牵念什么
道路两旁的棕榈,已垂下宽大的手掌
抚摸着积尘的岁月和一辆折返而行的车。

平遥古城即景（三首）

明清街

走过一条长街

还想再走一条

我喜欢一路走，一路遇到老旧的事物。

譬如抬头看到一个挨着一个的店面

檐上的那些旧瓦片

它们在高处

波浪线一样，起伏了几下

便停靠在几百年后，光阴的渡口

带着一座古城或一件器物曾有的荣耀。

整个夜晚，一些叫卖声，老手艺

扯着我的衣襟

让我一直在人海里走

却仿佛走在没有一个人

只有几棒旧更鼓，几声旧犬吠的

明清街头。

走进一家漆器店

甘愿做堂前燕

甘愿束青春于高阁

可有一点红颜，两点闲愁。
让百宝盒里装得下最重的相思月
也装得下青丝上的花朵。
走进一家漆器店
突然想让世间所有美的事物
都不会凋谢，涂满油彩
再让好运之手，一次又一次推磨
尘世就会无比的光亮与细腻。

一个荒了的小院

从门缝，刚把目光
探进去就赶紧收了回来
我与自己辩解：里面有岁月的荒草，残垣
触碰到我。
事实是我刚从明清街走来，带着
一身的喧嚣和灯火。
我还不愿意让两块黑色的木板门
一把生锈的铁锁
在黄昏暗下去的时候
说出些什么。

这人间的良药医治不了我的悲伤

亲爱的,山石缝里的草药花全都开了
她们细小,灿烂,心怀慈悲。
这人间的良药医治不了我的悲伤。
我看见天河梁坡上
雪白的羊群缓缓而行
亲爱的,我并不担心——
前路的坎坷。
因为我知道,你容得下我命里的悲伤
容得下我身体里,长出毒刺
容得下生活,如满树的青核桃
从来都裹着,坚硬而苦涩的表情。

我愿意
——在张壁古堡

走进黄土塬
让岁月深处的一条红石板街收留我
捡拾起一片老旧的落叶
仿佛人间的千山万水都是我的。
驻足。凝神。望一望琉璃庙檐上的鸱吻
从此,日夜行走在
命运旋转的阵脚里。
当头顶的那片月光醉卧在古道时
怀抱柳古树长出了,令人痴迷
千年不朽的爱情
而迷醉不是初衷。
七星祭台也不是高不可攀。
我愿意,用手中的秋风扫去生活背后飞扬的尘埃
我愿意擦拭,晨钟暮鼓
清亮的回声。
我愿意置身在小小的瓮城
仿佛置身在内心的桎梏里。
为此,就让我流出一滴清泪吧
恍惚间,一瞬已成为永恒。

故　园

在这里，有人把写诗当成
翻动一片又一片的黄泥土
在这里，有人一说出乡情两个字
就会惊动几只山鸦雀和新长出的芥菜苗
有人整天低眉俯首
不为权贵不为苟同
只为
生养自己的故园，春耕秋收
只为一些真理
能在小小的土地上
得到应有的润泽和践行。

与你相遇

——写给梨花春酒

你身体里有 60 度恰切的温暖,柔情。草木清脆
有抖动的丝绸,飞向天边
有暗色的火焰,岁月的过往,有燃烧,张扬,含香
与你相遇,就像与梨花将开的那片春天相遇

无须三百杯。只三杯,内心蕴藏了多年的情话
口吐梨花,一朵牵着另一朵
我开始替斑驳的墙壁说话
替那个隐蔽的我说话
多么好啊——你的声音进入到我的声音中

不要阻止我,让我在月下或一盏灯的晃动中
亲近你的美,你的热辣与风韵,经过嘴唇
流入我污浊的灵魂
如果一朵带雨的梨花,扑面而来
那是我最想看到的,我的样子

又见梨花

田野上到处都是薄雾和粉色的苹果花
令人迷醉。
春天的冷风,突然而来
曾经与你说过的
与你许下的清白
只在我的言语里,存活了一个下午。
是啊,内心的美
不可能绽放成
一朵梨花,清幽脱俗的模样。
无论何种境遇,心蕊终要零落在暗黄的泥土中。
去年的我
仿佛还醉卧林间
而今为了寻找,那片残存的洁净
我一路向北,一路满面尘土。
这是未料到的,春天的一次意外遭际。

雨中,我与一朵梨花共赴红尘

不要在晴朗的时辰寻一朵梨花
不要看望故知在一个没落的黄昏

田野是一驾马车,载着春天内部的孤独
灰白云层长出经年的华发,纷纷披散

而我内心的白和梨花白深藏不露
也许你看到的只是春天轻浮的衣襟

有谁深入一朵梨花的前世和今生
有谁把呼吸贴在一朵梨花的呼吸中

我相信,粗粝的树皮里有最柔软的光阴
所有脚印潮水般褪去后,只剩一双清幽的眼睛

梨花带雨,是一个人真实的存在
是与一朵花共赴红尘,最动人的表情

蝴 蝶

当我离开墓园时,光线
突然亮了许多。
我让目光落向那块年轻的墓碑:
"亲爱的女儿,感谢你十六年来
带给我们的快乐与幸福"
——金色的汉隶,像微微颤动的蝶翅。

我的心
也在微微颤动
似乎有一群蝴蝶正在出生。
带着尘世的泪水和温暖
扑向一茎已经消逝的花朵。

在春天的墓园里
在一只不相识的,幼小蝴蝶
将要从冰冷的大理石中飞出之际。

蒙山晓月

这不是尘世的月亮。

一朵白莲
盛开在蒙山
草木的性灵便是她的性灵。

多少山石,丛林和光阴的碎片
隐匿了福祉。
岁月风尘,居然让一只蝉的鸣叫声无限放大
佛祖终于显露了真身。

有多少朝拜者
拾级而上,一朵白莲无风而动。

清绝是最为恰切的
此刻开放在顶峰,成为一句偈语。

午后，在尔雅书店

一摞畅销书
在最显眼的位置，昏昏欲睡。

陈旧的书架支撑着书中的骨头
很多双手已消失，在都市的浮华中。

空荡的过道里只剩一本书的情节
和一个老妇人。她边走边絮叨那本书的书名
絮叨不菲的价格。

过道尽头，有一个长发小女孩
席地而坐。她手捧一本童话
有光，正从她的掌心缓缓流淌下来。

想到苏园

一场雨雪过后
砖瓦翻新,草木舒展。
一切仍在继续。
那些种下去的,必定要长出新果
最先走出来的一小撮苜蓿
低下了谦卑的腰身
像是听到,墙根下的几句祖训。
踩过的土地更加结实。
翻开一垄地,就能听到几声虫鸣
这生活的深处
这归来的慰藉。
山鸦雀来了去了,岁月的枝头白了又白。
我还是在远处
你还是在你的故园
就像尘世间的事,尘归尘、土归土。

大阳古镇行（三首）

一处古院

几滴冷雨和墙头的一片荒草
是相得益彰的
它们在高处静默时
色调一致，命运一致。

里外两进院落，很宽大，足可以容得下
久远的光阴，游魂一样
往来穿梭。
为此我只敢踏进偏房半步
就像时代的光线也只能照到高高的门槛上。

我想靠着断墙，站一会
看远天被风吹走
看帝王加冕过的荣耀，仿佛
照壁上，模糊了寓意的图案。

墙边的旧瓦片随意堆在一起，互相取暖
它们无法逾越历史的墙垣

可人间还是如此美好
明天还会有众多，降临的光线。

在这里，我有一刻感觉
自己活成了一件旧物，有几句话出来
锈迹斑斑，没有着落。

吴神庙的油松

进到庙里
面对一棵老树
就像面对着，几千年漫漶的光阴。
一个生命，可以扭曲再扭曲
匍匐又匍匐
最后把众多针叶托起，群山一样。
吴神庙不大
仿佛整个院子里只有一棵老树
在修行。
此刻春天的雨水，飞身成了雪片
它们像一片薄薄的光线，无声地落在人间
落在你那黑褐色的疤痕里。

打 铁

打铁的老人
把一只锤子递给我。
他的眼睛里还残存着星星点点的铁花。

我只想成为自己的铁匠。
我只想让自己击打自己,通红的身体
昨日之我,有必死的决心。

那些铁花,重新插上了
蝴蝶的翅膀。
叮叮当当的声音,被一块铁砧
小心收留起来,作为活着和重生的证据。

第五辑 一些人和我

向李白致敬

一

今夜，我只找寻一枚唐朝的月亮
我羞于说出：爱月，写诗与饮酒。
一个不胜酒力的女子。就算拼了命喝下一斗酒
也无法从逼仄的衣袖里，抖落出一首像样的诗来
更无法，醉卧花间、斑驳的山石上，伸手邀来明月。
好在，还有你的诗篇
像山峰一样矗立，让我敬仰
好在，还有冬月十五文德桥旁的小酒楼，可以让我想象——
"店家，拿酒来！"
一直等你，唤我临窗而坐，白月已移至中天。
让我和凤凰台上的你，紫烟生处的你，同为过客同为归人
痛饮三百杯吧。我不说女子不胜酒力
你也不要说。
今夜，我情愿做一个浪荡的酒徒，摇晃着身子，一再跌入
"对影成三人"的绝美境地。

二

我要向你日日盛得下三百杯酒的那只金樽，致敬。
黄河之水，峨眉山月，黄鹤楼，甚至是唐朝的八百里江山

只在你,纵情饮下的琥珀光影中,现身。
那些低于云端的功名世俗,落寞光阴,无法将你深陷
你只深陷于一杯清酒的荡漾中。
或者,你原本就不是诗人,你是天上的酒神
不小心醉卧在人世。
你睡过的石头都已成了醉石
你赞颂过的事物都拖着神秘的醉影。
我不敢想象,一日无酒
你和你的那盏月光杯,将如何度过寂寞的光阴
十日无酒,你写下的诗句,是不是
终将丢掉孤傲不羁的骨头与魂魄。

三

有多少烟花般的三月,我却从未下过一次扬州。
不要笑我——
这些年,我只知道北方的三月,草木枯瘦
树枝上的白露,还没有完全复苏。
这些年,我守着自己的小日子
每日从桃园路的北头走到南头。
至于半生钟爱的诗歌,大多要闭门上门来,苦思,冥想
想想你,十八岁就出门远游
黄河之水天上来,你的那些诗篇也是来自天上的吧。
这些年,没有什么值得我炫耀,更多的是
在深夜,独自点燃一支思想的烛火。
其实,我更像一片不着边际的秋叶
不甘落在现实的泥土里,也无法飘飞在白色月光中。

再不要赞美我的那些握不住万物之美的诗歌了
我爱的李白依然醉卧花间
我却深陷在中年的光阴里,不说蜀道之难,不说千金散尽
更说不出,万古的忧愁。

诗 人

我见过的诗人并不多。
他们比春天更早地醒来
走出一间普通的小屋
走出人群
除了修辞、意象,也说今天的菜价和街角的流浪猫。
他们先知先觉月光和月光下的爱情
并在屋前屋后种植了一些花朵
花开时,香气穿过篱笆与无边寒冬
那些花,浓缩了世界的光影
带着神性的昭示。
它们用血液,肌肤,用深入心底的甘泉浇灌
黑夜、路边的矢车菊和祖国那片瘦弱的泥土。

与屈子

屈子,你还在江潭的泽畔
与"何故至于斯"的渔夫,对白。
你的发须皆乱。

屈子
你内心有隔世的清醒
可人群中
那些暗藏的刀剑,你是应付不了的。

屈子,你的《离骚》浮出水面
心中的那个国,却将葬身鱼腹。
你不停地走向暗夜,暗夜如此虚空。

屈子,你跳入汨罗江前
手指苍天,最后的一声长叹
是你刺穿时空的,绝世之作。

给西蒙娜·薇依

偶遇你
短暂的一生
我的心像浸泡在冬天
一个冰冷的雪地里。

你欣然接受的苦难,就是你
要奔赴觐见的上帝。
一片面包
一颗糖果
并无罪过。

那些神秘的思想,甚至你走过的路
都包裹着厚重的外衣。
我是尘世里的微尘,你的神灯尚未点亮我的眼睛。

已是九月。美人蕉还站立着,保持着鲜艳之美
她多像你带血的灵魂
和上帝穿越尘世,带来的爱的支撑物。

写给介子推

你上绵山时，所带东西极少
或许只有三五本诗书，几件衣物
和一颗淡泊的心
就躬身背起老母亲，赶路了。
身后的月光，是岁月中的一潭静水
偶尔翻卷的几朵浪花。
你的一腔赤诚，已在
险恶的逃亡途中
在"割股为汤"的
一只土瓷碗中，挥洒，涅槃……
远离了市井的鼓噪，宫墙外一树的蝉鸣
远离了贪欲，纷争
黄土塬上，有清风做伴
也有，一颗晶亮的晨露
仿佛是从枝头落下的泪滴。
事实上
一个无所求的人，看待尘世浮华
远不及，为老母亲
捧上的一碗山泉水。
你的内心有多么宁静

绵山上的草木，就有多么宁静。
事实上，你早已把自己看作
绵山上的一块石头、一株野花和一缕云烟
高贵的灵魂
随时可以抛弃，虚无的肉身。
如果不是那场大火
　"但愿主公常清明"的心愿应该是
山野中的一盏孤灯。
如果不是那场大火
你敬奉的高堂白发，依然与你一起
晨看暖阳，暮踏白雪。
如果不是那场大火
你每日走在山林，溪边，白云的深处……
这是余生最好的修行。
如果不是那场大火
后人不会命名"寒食"节日
屋顶上的炊烟，也不会
在那一天，为你垂下，暗灰色的腰身。

杜甫:你的悲壮与苍凉乘风而来

一

春风又一次抚慰人间
春风,却永远也吹不到一个人近前。
你活着的时候,决心把自己的肉身,当作投向暗夜的
炭火。片羽之光只为映照
内心的江山。
可长安城春天的草木,比暗夜还要深……
如今,在巩县故园
你终于活成了一块冰冷的石头。
再不用奔走于那个,满目疮痍的人世
一路咯血为诗了
就这么静静地站着吧
站在你从未去过的高处。
俯身向下,几只灰色雀鸟,穿过时代稀有的光线
仿佛你千年之前的愁苦,倏忽间便不见了踪影。

二

你走过太多的路
而每一条道路都是晦暗不明的。

不能怨你。你的一生恰好暗合了一个朝代的兴衰
就像一条洪流,最后来到崖边
总有无法抵挡的赴死般的坠落。
裘马清狂,纵歌丛台的青春模样是
生命中一颗易逝的晨露吧
张开的翅膀,还没有跃上枝头
便匍匐在低处的人间。
你走过太多的路。葵藿之心
家国之念,却从未曾在颠簸、罹患中,与你失散。
灌醉你的那些浊酒,依旧浑浊不堪
没有了好时节,春天的一场好雨也只能是
一场凄风苦雨。
偌大的长安城,对于你,注定是小小的囚牢
你在里面兜兜转转,甘愿用十年时间
独对仕途上,那片无望的冷月
就像你甘愿用一生的时间,活成天地间的一个腐儒
舍身入得污泥
并用满纸悲情的诗篇,一路揣摩着,世道人心。

三

就算再细小,羸弱的事物
你也能看得见。
譬如当你过津口时,于生死困顿中的白鱼儿
是幸运的。它们不小心被你的一片恻隐心
惦念,并在一首诗里
不死。密实的渔网还横在水面

雾气铺开,无边的空茫……

你所遭遇的,离乱之祸

何尝不是,人间一张硕大的苦网?

你爱着世上的一切:

你爱你的妻儿

你爱千千万万的妻儿

你爱乡音

你爱饱受战乱的异族的子民

你爱夜半逾墙的老翁

你爱辚辚、萧萧的车马声

你爱曾经如沐春风的大唐国运……

可一个即将衰落的王朝

到处都是白了头的荒草,它们又一次,垂过

大地颤动的双肩。

四

我还不能轻易说出

萧萧而下的落木;

我还不能轻易说出一个诗人的

生之苦楚。

那些苦,我是无论如何感受不到的

就像今夜,我安然地坐在千万间广厦中的一间

吃着价格不菲的晚餐,沐浴

人间温暖的灯火。

没有茅屋为秋风所破的愁苦

没有上山拾橡栗、雪中挖黄独茎块,为一家人

活命的悲情。
今夜，我与朋友说起你
无须再去到你艰难跋涉的山河里，寻你的足迹了
今夜，只要坐在一盏孤灯下，让夜风
漫卷起诗书中，那颗沉郁顿挫的星……
今夜，我与朋友说起你
也说起，我的那些无关痛痒的文字
再没有什么比这更令人羞愧的了
除了语要惊人
除了悲悯之心
我灵魂里缺失的，还有很多很多。

五

公元770年，日夜不息的湘水终于载不动
一只飘荡的小船了。它如一颗黑色的尘粒，终于凝固在
茫茫水波中……
但你永远都不会睡去。
你看远处，众山之上，还有更高的去处
比如你用卑微的爱，爱着的那些卑微的事物
比如后面的人，一想到你，就抬高的目光
比如你把你的每一首诗，都当作生命中
一个灰暗、向上的石阶。连石阶上
细小的青苔，都义无反顾
返青。泛黄。只为头顶的天空。
……我要怎样地写下你
我要怎样在繁华盛世，走进那个被大风吹破的茅草屋？

古今无非是不一样的海天，慢慢变成了一色
无非是尚未远去的神圣，一次次撞击我们的心灵。
我仿佛又看到25岁的你，只身一人
仰望泰山之巅，临风高咏。
你可曾想到
你的寂寞身后事是：你的那些诗篇
已长成无数多的爱之林木。枝头的每一片针叶
仿佛都在诉说，你乘风而来的悲壮与苍凉。

天空是澄明的

隔千山万水。我徒步,涉水,攀缘
甚至在梦中假用神的旨意。我一梦不醒
天空是澄明的,山上的春花开得炫目
没有一朵是我想要的

清明是我们相认的唯一时刻
你早早打开一道暗门,看我擦拭你活过的短促光阴
一遍又一遍,母亲
两旁的柏树又长高了,树影遮住了你的半边脸
天空和世界依旧是澄明的

我替你在人世感知,感知你没有走完的路
感知天空的澄明和你留给我的洁净
感知内伤,倾斜的雪,积蓄成铅的云
风吹开小小的春天的门
我手捧黄菊,与三十年前的你
在一束光里,共叙来生

清明祭

我的诗总是在四月
病入膏肓
它们虚弱得,都不如
刚点燃的一张薄薄的黄纸钱。

与母亲说（三首）

与母亲说

自你走后，两间朝南的平房再无人照料
荒草已漫过父亲的腰身
我也是一棵草
屋外的风，一个劲地朝身体里吹。
自你走后，你钟爱的梅花表
躺在暗红色扣箱里，再没有上过一次发条
就像后来的日子
再没有快乐与火光的跳跃。
自你走后，我把你所有的相片
重新翻洗一遍
然后一张一张摆好
却不小心铺展到，想你的悬崖边。
自你走后，我努力地活成你
借用你织布工纤巧的手和弱小身躯
借用你母亲的身份
接受我的孩子捧上的，一支康乃馨的祝福。

写　你

这些年我写破碎的露水

掠过一截荒草
我写旧梦,黑色影子
我写石碑,断桥,指尖上的雪
我写2016年最光亮的一天——
你的生日与母亲节重合
我写你行走在人间,槐花慢慢地飘落
我写雪的微光,终于照亮我们返家的路途……
我曾经写下无数个与你有关的事物
却从没有写过你,温柔的爱抚。
母亲,其实我想用无限多的笔触,来写你
母亲,只要我不停、不停地写你
你就是活着的。

一帧旧照

我们还没有离开过你的眼睛
妈妈。我们是你在轰鸣的纺纱车间
眉头掠过的小欢喜
是冬夜,你追赶最后一班车的小心跳
妈妈。我们就是你呼唤"回家吃饭"的小东西

你站在一抹轻柔的光线里,摇动
生活的摇铃,说"笑一笑……"
我正搂着一岁半的小兄弟
偎依在蜜甜的时光里……

妈妈,人间有那么多条回家的路

为何你偏要走上一座断了的桥？
妈妈，桥上每一片雪花
都是你失血的尖叫
妈妈，那个春天
脚下的冰凌，像无数把明晃晃的小刀

妈妈，这世上再没有你
我再不敢转身——
去打开，那落满灰尘和枯叶的旧日镜头

从来没有想过替谁活着

从来没有想过替谁活着。除了你。
少年的天堂,曾被一场大雪覆盖
许多事物都没有了踪迹。
青春的花朵
连着命的筋脉
有时,灰白的雪
弥漫在拔节的骨头里……
这些年除了你
我不愿想象人间还有最美的笑
除了你,我不愿在任何人的膝下哭泣。
春天过去了,我只能等候春的消息
我用汉字里的写意和抒情
将光阴分行。
将幸福分行。
这些年除了你,母亲
我还想把自己也一同深埋在
一场大雪中
像个鸵鸟,偶尔探出慌张的眼睛。

在清晨读到一首诗

你在屋里来回走动,你说今晨的餐食
我侧身在床边
把辛波斯卡写下的《金婚纪念日》
放入天鹅绒窗帘,透出的一丝青白里。

七点半,你说热好了米粥
我终于读懂她的二十八行诗句——
是相爱的人
走过五十年,灵魂搀扶灵魂的路途。

远去的列车仿佛又折返回来
我顺着异国诗人青藤般的语言
抚摸这个清晨,结出的一颗籽粒……

你推门进来,说我的胆结石
你说什么都好
我眼中流走的光阴正在你眼中流走
我的白发正悄悄长在你的白发中
你就是诗中
那个"将茶匙举向两个人唇边"的人。

虚掩之门

你说的缘,是眼前的水流,一只蝴蝶
是风
把古旧的柴门吹开
把锈蚀的月光和一场雪打开
你说的缘,是冥冥中
从虚掩的门中探得一朵素颜花,忧伤的影子
经年的伤
你说的缘,是用一千片树叶为我做天堂
用平常的日子,缝补羞于幸福的心
是门环响动,为我带来的那个小小的人间

七 夕

亲爱的,明日七夕
我想你应该不会记得
更不会为我买一束香艳的花。
我已习惯,十九年来你带给我的
略去花朵与烛光的生活。

今夜,一张床仿佛是一片辽阔的天空
我独自辗转一次,满天的星光就晃动一次。

亲爱的,这几日你不在
鱼缸里的红鱼儿不习惯我喂食。
凌晨十二点半,它跃起来溅湿地板
和我空荡荡的灵魂。

祖 母

你是深秋的一潭静水
你是一把掉了齿的雕花木梳
你是我心上永远都不褪色的剪纸
你是我幼年的天空。

祖母——
这样写下你,并不能让你看到
你不认得一个字
更不会懂里面装着我多少悔恨与思念的泪水。

想你想得厉害的时候,就能梦见你
和坡上三间向阳的土窑
那是你全部的人间。
而你依旧年老,贫弱,佝偻。

我一直担心你那条落下病根、时常溃烂的腿
天堂里再不用下地干重活了吧
也不用为我这没娘孩,忍着病痛走出大山
在七八平方米灰白的日子里,摩挲

清晨的第一缕炊烟，最后一颗暗星
整整十年。你柔软的目光匍匐在尘埃之下
把我看大，看高，看远
你倚在黄昏刚迈过一块粗砖的门槛里，盼我归来……

祖母——
其实我从来都没有这样叫过你
我想让你那卑微的爱
越来越庄严。

写在教师节
——致梁志宏老师

我不想过多赞美。那些被我用过的词语很轻
它们浮在水面,或松鼠一样跳来跳去。

我不想过多表达。怎样才能寻到一处故乡
你在不远处,用灯盏一样明亮的语调告诉我。

我甚至不想过多回报。所有的欢欣
所有的叙述只能在内心,水墨般地描绘。

一个节日浓缩的
其实有无数多个往昔,有穿过眼睛的烛火。

我想在一首诗里
插上一双,天使的翅膀

可以旋转、飞溅出,文字的星光
也可以在很远的深林里,自由飞翔。

雪中致友人

落叶、青草和一些薄雪
混合低处的气息
秋天最后一点斑驳的光影。
栅栏中衰败的事物,窃窃私语着
你心中的雪,是否正越下越大
我要就此赶去,为你掸掉身上、睫毛上的雪花
你一动不动,如同一棵秋天的树木。
此刻,生活就像脚下悄然凝结的冰水
不断坠落的雪花与暗灰色的命运融在一起
前面湿滑的路途,只要有彼此伸出的一只手
就足够了。
嘘——不要出声
就像三十年前的那个风雪夜
两双红格子布鞋
一直闪耀在无边的洁白里
如今,它们又向岁月的更深处延伸了一点。

寒 露

一颗白露捎来书信
要我热爱
与秋天有关的：饱满，清透，暗淡，凋敝。
要我懂得热爱
冰冷的雨水。

其实我一直把那颗露水叫作哥哥
能装下许多温暖的露水
远走他乡的露水。

可惜我不是
一枝待绽的黄菊。
我不知道能不能交出内心的荒凉
能不能
对那颗挂在秋天睫毛上的露水
心存感激。

立冬：写给儿子

昨天白雪来过，但很快就融化了。
我知道这个冬天
还会下更大的一场雪。
走在雪地里，关于你的每个消息
都带着咔嚓咔嚓的声响
我们说着话，一根枯树枝在眼前突然断裂。
我责备过自己
但，我的泪水在这个冬天已经冰封。
清晨的雾气在午后都不肯散去
走在路上，山楂树的果实已经掉落殆尽
几片叶依旧举着
虚空的火焰。
这样也好，蜗居在一段光阴中
每天为你煮饭，洗衣。
不去想你的春天
在远方的何方。
对于春天，我不敢想，也不敢爱。

高考在即

原谅我,直到今天才知道
要如何爱你。
时间是个不知返途的痴迷者
我已回不去,换个模样
爱更小一点的你了。
我们拥挤在一起的潦草光阴,你最好是忘掉
其实,我不合时宜的爱一直都在
仿佛一张旧存根,被我暗自保留。
原谅我,直到今天才知道
要如何爱你——
爱上你折叠的青春
爱上你爱上的
一切值得你去爱,有用或者无用的事物。

生日之诗

你给我的远比我给你的要多。
虽然我们隔着天涯山,西山
和昨夜飘落下来的雪花。
其实人生中,有些相遇
需要放在各自的心底
我想,有诗的时候我们还会坐在一起
围炉取暖。
我现在唯一能想起的就是你的笑脸
朴素得像四月的梨花白
没有一点修饰。

写给J

对于骄傲且自卑的人来说
低于这个秋天的,是枯树叶般卷曲的言辞。
它,不请自来

并且有时远有时近。
像被尘世吹拂的尘粒——
无数清浅的日子,不会因为失去什么变得轻薄。

我们是同一个方向行走的人
遇到风,尖锐的撕裂声,来自很深的心底。
也曾经隔着山河的遥远

和一首诗。我说,人生的长度
那短促低沉的歌调。
你知道,还有比这更为短促的事物。

说过的已经慢慢消散
唯有雪,我一直叫它是月光,白色的深渊。
细想起来,没有什么可以留恋

更多的细节——

开成一片叫不上姓名的繁花

在你转述的天空,在蔚蓝的蓬勃里。

窑院里,一对留守的老伴(三首)

窑院里,一对留守的老伴

如今,这对老夫老妻
留守的生活已是一潭不起波澜的湖水
柔软,身披亮泽。
阳光抚摸着旧窑院,和枣树上慢慢变红的枣子。
那些共同惦念着的
谷子的心事,玉米的心事,藏而不露
在秋天,一次次低垂下感恩的头颅。
远行的孩子,几颗草籽,从心底四散而飞
很多年了
有些想念只适合在霜冻之前,想念
有些话只适合在灯下互相说给早搏的心跳和老寒腿。
西坡上的野花是人世间最朴素的念头
年年开了又开。
门前,一棵老柳缠绕着槐树
分不清哪个枝丫是他的右手,哪个枝丫是她的左手。

你认的命

——写给一位守家的村妇

你认的命无非是两棵不起眼的薇草,一棵远走他乡
剩下的一棵,多病、暗淡
你认的命无非是每天把中草药放进
深深的想念里,一遍一遍地熬。
你独自守着三间窑洞,和一家的旧事物
却不能扳起指头数日子,你一数
窗外的黑就涌到了家门口。
其实你也不认命。
你终于学会收起内心的雪色
在孤寂中品尝孤寂,在病痛中按住新的病痛。
秋天,树上的枣子,每一颗都可以障目
那瞬间垂落下来的红
是你曾经拥有的幸福。
你默默地期待,等着生活的结绳
记下所有为你开过的花,结下的果
它们的模样,仿佛又长出孩童般的新容。

这一大片向日葵

其实是美。
是浮动在每一个小村落之上
炊烟之上的美
是和留守的破土窑,残垣,喑哑的石板路

对立着的美
是秋天结出一些籽粒,就会感到
无比殷实的美。
这一大片向日葵,它们
立在黄土塬,交出内心的光芒、蓬勃
又用细细的腰杆支撑着,一方水土的
沟壑与苍凉。
它们把细小的爱
深埋在比根须深处更深的泥土里
默然无言。
遇见它们,就像在阴郁中遇见了一些明亮的事物
在落寞无望中,看到殷殷的希望。

爱或者别的

我的命里一直有风声，鹤唳。
爱的烛火
摇曳欲坠。生活的道路没有铺着松软的落叶
灰色石阶让倾斜的身体
一路倾斜了下去。

我知道内心有无数黑暗的影子，矗立成魔
我知道，我是你不小心脱落的一片尘雪，母亲。

我终于像黄昏走失的羊群
我终于无法张开，一对翅翼
飞不过高耸冷漠的墙，犹如飞不过天上和人间的阻隔

……我知道，一棵弱弱的小草
也会在无情的秋风中，满心慈悲

向着光。用力活着……

2015年4月19日见诗人车前子

一

十八岁的我抄下《三原色》
它很短,夜空
有一点星光。我在窗口张望
也顺便想想,那棵被来回碾压的小草
有没有一个,疼醒的春天。

二

风有嘶哑的喉咙,血的颜色
夜风在吹。一片没有支撑物的苍穹
摇摇欲坠。
那是我灰色的年华。

三

青春和诗相遇了
丁香和忧愁相遇了
在我的本子上,在黑夜和沉默的果实里。

四

你说:就是在黑暗里。也要开出花。

你说：必需品和奢侈品
你说：北方天使垂下翅膀。
你说的是我骨子里游移的针刺和一道暗光吗？

五

泼墨一样的天空
任凭，心性成禅。

六

尘雪似辽阔的原野，原野上的纵横者
墨迹不匀。恰恰是你把雨水和光
调和在，一个叫作命运的盒子里。

秋风辞

外祖母看着我出了门
她与盘绕在屋檐下的南瓜藤一样
再经不起,一场秋风了。

刚才替她擦洗身子
干瘪得只剩一层皮囊的身体
如同孕育果实后的田野,草木垂败。

这几年,我眼睁睁看着光阴的刻刀
一圈又一圈,消磨她丰盈的身体
步伐,月盘一样的面庞。

此时天还不是太冷。
路边的树丛里,有一只雀鸟飞出来
多像我在秋天里的一声轻叹。

无数的风铃重新悬挂起来
——悼念诗人余光中

今天,一位老诗人垂下了举着灯盏的手。
我居住的城市,雪一直在下,仿佛白色的悼词。

海峡那边,沉默的
七层塔檐上,无数的风铃重新悬挂起来

他曾在诗里说,那是叮咛叮咛咛的心。
这一天除了沉默的雪,我听得到那声音——

它从一张窄窄的船票中传来
从他爱着的黄泥土,长城谣中传来

那声音是长城长,海棠红,雪花白,蜡梅香
那声音灌满风雨,是枕边的一纸乡愁。

叮咛叮咛咛——
不会在我的耳朵里消散,就如同我以后写下的每行字

都有根。

冬日八行

——献给在雾霾中失去生命的一个年轻人

我们每天都会走在回家的路上
有时弄丢一只手帕
一颗糖果或一些方向。
为什么你会弄丢世上的亲人
和你的孩子,鲜活的笑声
灵魂,从此飘荡在一片枯叶之上。
为什么你要把亲人们淌下的泪水
当作抵达彼岸的一片海洋?

无主题变奏曲

一

冷风突然而来，压低了
内心的灯火。
人群。太过紧密
我向你们投去的目光，孤独、陌生。

二

岁月不是单曲循环的老唱碟
再回不去那个初春，雪融了的早晨
再回不去一起酩酊、一起踉跄的深夜。
我们总是犯着同样的错误：踩在青春的花瓣上
才要找寻花开的洁净。

三

一克重的沉寂凝固在你的脸上
一克重的落英堆积在我心中。
想彼此靠近
却又无限远离。
我们之间，隔着

群山和飞鸟掠过的影子。

四

我想用余下的光阴,埋葬掉
一起珍爱过的那片青山绿水
不能言说的生活隐情。
并在内心竖起一块
写着"友好"的石碑。

五

如果可能,我要把与你有关的日子
连缀成篇。再让它们开出几朵小花
沾上几滴露水。
如果可能,我要让我们的旧爱
成为岁月的新欢。
我要让我们说出口的落日
留下永恒的金子。

六

冬天赐予我一场冷宴,我要感谢冬天。
虚假让我远离友爱的温情,我要感谢虚假。
默然相见的欢心,我要感谢记忆中的,城南旧事。
感谢,存在的真实。
它们来自婴儿的眼睛,庙宇,一朵白雪
它们最终走向荒草、坟茔和彼岸的虚空。

后 记

  距第一本诗集《那年那雪》出版已有四年的光阴。今年伊始，懒散的我终于用两周时间整理好了准备出书的诗稿。这些诗是2014年至2018年五月初写下的（2014年仅选了几首），遗憾的是创作当时，我没有标注上日期，这让文字在光阴里的行走少了一点证据。

  我一度以为已经拥有了诗歌。但慢慢的，越写越不敢写。即便这些筛选又筛选的作品也会让我惴惴不安。有时我在文字面前那么无力，我无法去到一个词语中或一个音节里，无法让它们替我发声。我一直在诗歌中否定自身，这样的感觉就像爬一座山，每一步都是在竭尽全力超越原来的那个我。

  我的老师梁志宏初认识我时曾说，我的诗里总是隐隐"铺着一层忧伤的底色"。是的，这忧伤是童年的一场雪，是终究绕不开的暗疾。

  我不会轻易说出自己，除非面对一首诗。

  是我皈依了诗还是诗度化了我，已经不重要了。我身体里仿佛天然携带着诗的"密码"，我们互相关照、融合、背离、生长、碰撞、存在。我因了一种信念而每天充满意义地活着……

书名是弟弟春涛偶然间帮我起的，他说："天地虽大，眉间也不小，一喜一怒，一颦一笑却也在其中。"从某种意义上讲，眉间宽窄，就是人心的宽窄。

中年的生活"日日万事丛生"，最近还得更多地"关心蔬菜和粮食"，不敢再任性随意，照顾好家人和自己的身体，才是当紧之事。吃好一日三餐，世俗地生活，然后才能在另一个或者不属于"常人"的世界里，昼夜不舍地去爱我的诗歌。

想想自己是多么幸运，这些年因为诗，遇到一些人，他们身上有光亮，有深藏，有情怀，有善念，他们给予我很多，每一个温暖的细节我都记得，不管多久也不会忘怀。

2018 年·初夏